文春文庫

恋　女　房

新・秋山久蔵御用控（一）

藤井邦夫

目次

おもな登場人物

秋山久蔵　南町奉行所吟味方与力。〝剃刀久蔵〟と称され、悪人たちに恐れられている。心形刀流の遣い手。普段は温和な人物だが、悪党に対しては情け無用の冷酷さを秘めている。

神崎和馬　南町奉行所定町廻り同心。久蔵の部下。

香織　久蔵の後添え。亡き先妻・雪乃の腹違いの妹。

大助　久蔵の嫡男。元服前で学問所に通う。

小春　久蔵の長女。

与平　親の代からの秋山家の奉公人。女房のお福を亡くし、いまは隠居。

太市　秋山家の奉公人。

おふみ　秋山家の女中。ある事件に巻き込まれた後、九年前から秋山家に奉公するようになる。

幸吉　〝柳橋の親分〟と呼ばれた弥平次の跡を継ぎ、久蔵から手札をもらう岡っ引。

お糸　隠居した弥平次の養女で、幸吉を婿に迎えて船宿『笹舟』の女将となった。息子は平次。

弥平次　女房のおまきとともに、向島の隠居家に暮らす。

雲海坊　幸吉の古くからの朋輩で、手先として働く托鉢坊主。ほかの仲間に、元船頭の下っ引の勇次、しゃぼん玉売りの由松、蕎麦職人見習いの清吉、風車売りの新八がいる。

長八　弥平次のかつての手先。いまは蕎麦屋『藪十』を営む。

恋女房

新・秋山久蔵御用控（一）

第一話

桜吹雪

一

八丁堀岡崎町に南町奉行所吟味方与力秋山久蔵の屋敷はあった。

朝。

秋山屋敷の庭にある桜の木の花は七分咲きとなり、淡い桃色に覆われ始めていた。

「もう直、満開ですね」

香織は、桜の木を眺めた。

「うむ……」

秋山久蔵は、妻の香織の介添えで出仕の仕度を終えて茶を飲み、出仕前の静かな一時を過ごしていた。

　白髪が目立つようになった……。

　香織は、庭の桜の木を眺めながら茶を飲む久蔵に微笑んだ。

「父上、母上……」

　嫡男の大助が、書籍を包んだ風呂敷包みを持って慌ただしくやって来た。

「静かにしろ、大助……」

　久蔵は眉をひそめた。

「は、はい。学問所に行って参ります」

　大助は、久蔵と香織に挨拶をした。

「うむ……」

　久蔵は頷いた。

「大助、忘れ物はありませんね」

　香織は心配した。

「はい。大丈夫です」

「では、喧嘩などせぬように……」

「母上、私は元服も近い十五歳。子供ではありませんよ」

大助は笑った。

「兄上……」

前掛をした小春が、弁当の包みを持って来た。

「命より大切なお弁当を忘れていますよ」

小春は、十歳の少女とは思えぬ大人めいた口振りで弁当の包みを差し出した。

「余計な事を云うな。此から台所に取りに行く処だったのだ」

大助は言い繕い、小春から弁当の包みを受け取って腰に結び付けた。

「では、行って来ます」

大助は、久蔵と香織に改めて挨拶をしてそそくさと出て行った。

「本当に慌てん坊なんだから……」

小春は呆れた。

「あれで、大丈夫ですかね……」

香織は眉をひそめた。

「心配するな。俺もあんなものだったぜ」

久蔵は苦笑した。

大助は、式台を出て表門に向かった。

前庭の脇にある隠居所の傍に置かれた縁台には、女中のおふみに介添えされた老下男の与平が腰掛けていた。

「やあ、与平の爺ちゃん、おふみちゃん……」

「大助さま、与平は今日もお供が叶いませんが、お気を付けて……」

七十歳を幾つか過ぎた与平は、歯のない口を動かした。

三年前、与平は長年連れ添った女房のお福を卒中で亡くし、隠居所で一人で暮らしていた。

「うん。おふみちゃん、与平の爺ちゃんを頼みます」

「はい。お任せを……」

おふみは、十四歳の時に秋山家に奉公した。以来、孫娘のように可愛がってくれた与平とお福夫婦の恩を忘れてはいない。

「じゃあ、爺ちゃん、行って来る……」

大助は、与平とおふみに見送られて表門を出た。

表門の前では、小者の太市が掃除をしていた。

「これは大助さま……」

「太市さん、与平の爺ちゃん、大丈夫かな」

大助は心配した。

「お福さんが亡くなって、ちょいと惚けが掛かっていますが、未だ未だ達者なものですよ」

太市は三十歳近くなり、落ち着きを見せていた。

「それなら良いけど……」

「大助さま、与平さんの心配より、今は学問所に遅れないかどうかですよ」

「わっ。そうだ。じゃあ行って来ます」

大助は、慌てた足取りで出掛けて行った。

「お気を付けて……」

太市は微笑み、学問所に行く大助を見送った。

「太市さん、旦那さまがお出掛けですよ」

おふみが、太市に報せに来た。

「そうか……」

太市は、おふみと共に屋敷の式台に向かった。

久蔵は、香織、小春、与平、おふみに見送られ、太市を供にして秋山屋敷を出た。

八丁堀御組屋敷街は、与力同心たちの出仕の刻限も終わりが近付き、人通りは少なかった。

久蔵は、太市を供にして数寄屋橋御門内の南町奉行所に向かった。

「太市、与平は相変わらずお福の位牌に話し掛けているのか……」

「はい。大助さまと小春さまが大きくなったとか、旦那さまの頭に白髪が目立つようになったとか、奥さまが肥られたとか……」

太市は告げた。

「そんな事を……」

久蔵は苦笑した。

「与平さん、お福さんが亡くなられてからの方が、何だかしゃんとしたような気がします」

太市は微笑んだ。

「うむ。太市、与平は俺や香織が訊くと遠慮して何も云わぬ。それ故、お前とおふみが良く見ていて、与平の為に良いと思う事があれば、何でも報せるのだ。良いな」

久蔵は命じた。

「心得ております」

太市は頷いた。

「処で太市、お前もそろそろ三十歳だな」

「はい……」

「女房にしたい娘はいるのか……」

「えっ……」

太市は、久蔵の不意の言葉に戸惑った。

「もし、いるのなら俺が嫁に貰いたいと頼みに行って来るが、どうだ……」

「旦那さま、そんな娘はおりません」

太市は慌てた。

「まことか……」

「はい。本当です。本当におりません」

太市は否定した。

「そうか。ならば、そう云う娘が現われたら報せるのだぞ」

久蔵は命じた。

「はい。そりゃあもう……」

太市は頷いた。

久蔵は、太市を供に南町奉行所に急いだ。


月番の南町奉行所は、公事訴訟(くじ)に拘(かか)わる者たちで賑わっていた。

久蔵は用部屋に入った。

太市は、久蔵の身の廻りを整えて茶を淹(い)れて差し出した。

「御苦労だったな。屋敷に戻ってくれ」

久蔵は太市を労(ねぎら)い、命じた。

「心得ました。では……」

太市は、久蔵に一礼をして用部屋から出て行った。

久蔵は、茶を飲んで文机(ふづくえ)に向かい、書類に眼を通し始めた。

刻が過ぎた。

「秋山さま……」

定町廻り同心の神崎和馬がやって来た。

「おう。どうした……」

久蔵は、書類を見ながら尋ねた。

「神田川から中年男の死体があがったと勇次が報せに来ました」

和馬は告げた。

「土左衛門か……」

久蔵は眉をひそめた。

「いえ。勇次の話じゃあ、殺されてから神田川に放り込まれたようですが、ま、行って来ます。では……」

和馬は、久蔵に一礼して用部屋から出て行った。

久蔵は、三十過ぎにしてはこざっぱりとした様子の和馬を見送った。

流石は、しっかり者の姉さん女房が付いているだけの事はある……。

和馬は、二年前に二歳年上の妻を娶り、以来その尻に見事に敷かれて可愛がられているのだ。

久蔵は苦笑した。

神田川は煌めいていた。

新シ橋の北の袂には、自身番の者や木戸番、岡っ引たちがいた。

和馬が、下っ引の勇次と柳原通りから新シ橋を渡って来た。

「神崎の旦那がお見えです」

勇次は、集まっている者たちに声を掛けた。

「こりゃあ神崎の旦那。御苦労さまです」

岡っ引の柳橋の幸吉は、和馬を迎えた。

「やあ。柳橋の。仏は何処だ」

岡っ引の柳橋の弥平次は、五年前に十手を返して隠居した。そして、下っ引の幸吉が弥平次の養女のお糸の婿となり、岡っ引と船宿『笹舟』を引き継いでいた。

「此方です……」

幸吉は、和馬を新シ橋の下の船着場に誘った。

船着場の桟橋には、筵を掛けられた仏が横たわっていた。

幸吉は、筵を捲った。

中年男の死体が露になった。

和馬は手を合わせ、死体を検め始めた。

中年男の死体の顔は浮腫んでいなく、水を飲んだ様子も窺われなかった。

「水は飲んじゃあいないな」

和馬は、中年男の死体の腹を押した。

「ええ。頭の後ろに石か何か固い物で殴られた傷痕があります。おそらく後ろから殴られて殺され、神田川に落ちたんじゃあないかと思います」

幸吉は読んだ。

「うん。で、何処の誰か、仏の身許は割れたのか……」

「そいつは未だでして、ま、雲海坊に心当たりがあるようですが……」

「そうか。手甲脚絆に磨り減った草鞋……」

和馬は、中年男の手甲脚絆や草鞋を検めて眉をひそめた。

「旅をして、江戸に着いたばかりって処ですかね」

幸吉は睨んだ。

「きっとな……」

和馬は頷いた。

「親分、神崎の旦那……」

幸吉の若い手先の清吉（せいきち）が、船着場に降りて来て和馬に会釈（えしゃく）をした。

「清吉、仏が神田川に落ちた処が分かったかい……」

幸吉は訊いた。

「はい。昌平橋の袂に血の附いた石が転がっていまして、由松（よしまつ）の兄いがお報せしろと……」

清吉は報せた。

「神崎の旦那……」

幸吉は、和馬の指示を仰いだ。

「よし。行ってみよう」

和馬は頷いた。


秋山屋敷に薪を割る音が響いていた。

太市は、裏庭の井戸の傍で薪を割り、納屋の軒下に積んでいた。

「じゃあ、行って参ります」

おふみが台所の中に声を掛け、風呂敷包みを抱えて勝手口から出て来た。

「おう。おふみちゃん、お使いかい……」

太市は、薪割りの手を止めた。

「はい。柳橋の笹舟に……」

「そうか。気を付けて行ってきな」

「はい。じゃあ……」

おふみは、太市に会釈をして裏庭から出て行った。

太市は見送った。


秋山屋敷を出たおふみは、楓川(もみじがわ)沿いの道に出て海賊橋に向かった。

海賊橋を渡り、日本橋川に架かっている江戸橋に進み、照降町(てりふりちょう)から人形町、元浜町、両国広小路を抜ける。そして、神田川に架かっている柳橋を渡れば船宿『笹舟』はある。

おふみは、幾度となく往き来しており、慣れた道だった。


昌平橋には大勢の人が行き交っていた。

和馬と幸吉は、清吉と一緒に昌平橋の北詰、明神下の通り側の袂にやって来た。

「これは神崎の旦那……」

由松が迎えた。

「やあ。由松、此処か……」

「はい。此の石が転がっていて、辺りに血も飛び散っています」

由松は、赤黒く乾いた血の附いた直径七寸程の大きさの石を示した。

和馬と幸吉は、血の附いた石を検めた。

「こいつを両手で持って、後ろから仏さんの頭に叩き付けたって処ですかね」

由松は読んだ。

「うん。そして、神田川に落ちたか……」

和馬は、辺りを見廻した。

「ま、そんな処でしょう。で、由松、昨夜遅く界隈で争い事や変わった事はなかったのかな……」

幸吉は尋ねた。

「ざっと聞き込んだ限りは……」

「ないか……」

「ま、夜に起きた事は、夜に聞き込みを掛けなければ何とも云えませんがね」

夜になれば、昼間はいない夜鳴蕎麦屋や按摩などが現われ、何か手掛りが摑めるかもしれない。

由松は、夜の聞き込みに期待をしていた。

「うむ。頼む……」

「はい……」

「後は仏の名前と身許だな……」

「ええ。雲海坊が突き止めてくれれば良いんですがね」

幸吉は眉をひそめた。


両国広小路は見世物小屋や露店が連なり、多くの人で賑わっていた。

おふみは、賑わう広小路を抜けて神田川に架かっている柳橋を渡った。

船宿『笹舟』は暖簾を揺らしていた。

「御免下さい」

おふみは、船宿『笹舟』の暖簾を潜った。

船宿『笹舟』の店土間には大きな囲炉裏があり、湯が沸いていた。

「あら、おふみちゃん……」

女将のお糸が、帳場から出て来た。

既に三十歳になったお糸は、幸吉を婿に迎えて子供も産み、養母おまきの後を継いで船宿『笹舟』を取り仕切っていた。

「今日は、女将さん。うちの奥さまから此をお届けするように申しつかって参りました」

おふみは、風呂敷包みを差し出した。

「それはそれは御苦労さまです。まあ、あがって下さいな」

「ありがとうございます。此処で結構です」

おふみは、框に腰掛けた。

「そう。じゃあ、お茶を淹れますね」

お糸は、茶を淹れ始めた。

「今日は平次ちゃんは……」

おふみは、お糸と幸吉の五歳になる息子の平次がいないのに気が付いた。

「昨日から向島のお祖父ちゃんとお祖母ちゃんの処に泊まりに行っているのよ。さあ、どうぞ……」

お糸は、おふみに茶を差し出した。

隠居した柳橋の弥平次とおまきは、向島に建てた瀟洒な隠居家に暮らし、船宿『笹舟』と行ったり来たりしていた。そして、弥平次は自分の名の下を取った孫の平次を可愛がっていた。

「大親分さんと大女将さん、平次ちゃんが可愛くて仕方がないようですものね」

おふみは、笑みを浮かべて茶を飲んだ。

「ええ。甘やかして、どうしようもないんですよ」

お糸は苦笑した。


仏は、湯島横町の自身番の裏手に運ばれていた。

老爺は、仏の顔を見て眉をひそめた。

「どうだい。藤吉の父っつぁん……」

雲海坊は、元女衒の老爺の藤吉に尋ねた。

「ああ。女衒の宇之吉だ。間違いねえよ」

老爺の藤吉は頷き、仏に手を合わせた。

〝女衒〟とは、女を遊女に売る事を生業にしている者を称した。

「やっぱり女衒か。何処かで見た覚えのある顔だと思ったんだが、宇之吉だね」

　雲海坊は、若い手先の風車売りの新八と共に薬研堀の傍に住む元女衒の藤吉を捜し、仏の面通しに来て貰った。

「女衒の宇之吉ですか……」

　新八は眉をひそめた。

「ああ。新八、此の事を幸吉の親分に報せな」

　雲海坊は命じた。

「合点です」

　新八は、駆け出して行った。

「で、父っつぁん、宇之吉の家は何処だい」

「鎌倉町のお稲荷さんの傍だよ」

「鎌倉町か……」

「それより雲海坊、宇之吉は旅から戻って来たようだが、手下の梅次と買って来た娘はどうしたんだい……」

　藤吉は尋ねた。

「手下の梅次と買って来た娘……」

　雲海坊は眉をひそめた。

「ああ。旅姿の処を見ると、宇之吉は娘を買いに行って来た筈だ」

「手下の梅次もか……」

「ああ、宇之吉はいつも梅次を連れているぜ」

「そうか……」

殺された女衒の宇之吉の手下の梅次と買って来た娘……。

雲海坊は、宇之吉殺しに拘わる者を知った。


浜町堀には櫓の軋みが響いていた。

おふみは、柳橋の船宿『笹舟』から両国広小路を抜けて浜町堀に出た。

旅姿の小柄な娘が、浜町堀に架かっている汐見橋の袂にしゃがみ込んでいた。

おふみは、しゃがみ込んでいる小柄な娘に気が付いた。

旅姿の小柄な娘は十三、四歳であり、粗末な着物を着て頬は赤かった。

田舎から出て来たばかりの娘……。

おふみは読んだ。そして、己が十三歳の時、相州戸塚から江戸の料理屋に奉公しに出て来た事を思い出した。

おふみは、しゃがみ込んでいる小柄な娘が気になった。

小柄な娘は、哀しげな面持ちで浜町堀の緩やかな流れを見詰めていた。

おふみは決めた。

二

「どうしたの……」

おふみは、しゃがみ込んでいる娘に優しく声を掛けた。

娘は、おふみに気が付いて怯え、慌てて立ち去ろうとした。

「待って……」

おふみは、娘を止めた。

「離して下さい」

娘は踠き、おふみの手から逃れて汐見橋を渡ろうとした。

「おたま……」

派手な半纏を着た三人の男が、浜町堀の上流の堀端を駆け寄って来た。

娘は激しく狼狽え、身を翻しておふみの前を走って逃げた。

「どうしたの。待って……」

おふみは、おたまと呼ばれた娘を慌てて追った。
三人の男は、派手な半纏を翻して追って来た。

堀端を行き交う人は少なかった。
おたまは逃げた。
おふみは、おたまを追い掛けながら事態を飲み込もうとした。
おたまは、派手な半纏を着た三人の男に追われ、逃げている。
派手な半纏を着た三人の男は、どう見ても堅気(かたぎ)ではない。
どうして……。
どうして、おたまはそんな者たちに追い掛けられているのだ。
おふみは、逃げるおたまを困惑しながら追った。
派手な半纏を着た三人の男は、汐見橋を渡っておたまを追った。
おたまは、浜町堀に架かる栄橋を西に渡ろうとして足を縺(もつ)れさせて転んだ。
「大丈夫……」
おふみは、倒れたおたまに駆け寄った。
「は、はい……」

おたまは、膝を打ったのか痛みに顔を歪(ゆが)めた。

「さ、早く……」

おふみは、追って来る派手な半纏を着た男たちを気にしながらおたまを助け起こした。

「おたま……」

派手な半纏を着た男たちが追い縋(すが)り、栄橋の袂にいるおふみとおたまを取り囲んだ。

おたまは、恐怖に震えて涙を浮かべた。

おふみは、咄嗟(とっさ)におたまを後ろ手に庇(かば)った。

「捜したぜ、おたま。さあ、こっちに来な」

派手な半纏の男の一人が、おふみの背後にいるおたまに手を伸した。

おふみは、おたまを庇って躱(かわ)した。

「手前……」

派手な半纏の男は、おふみを睨み付けた。

「何ですか、貴方たちは……」

おふみは、必死な面持ちで派手な半纏の男たちに立ち向かった。

「女の癖に良い度胸だが、怪我をしたくなかったら、小娘を大人しく渡すんだな」

派手な半纏の男たちの兄貴分が、おふみを睨み付けて凄んだ。

「此の娘が何をしたと云うんですか……」

「煩せえ。お前に拘わりはねえ。梅次、仙吉」

兄貴分の男が、残る派手な半纏を着た梅次と仙吉を促した。

梅次と仙吉は、おふみを押し退けておたまを捕まえようとした。

「誰か、火事です。火事です……」

おふみは、咄嗟に叫んだ。

人は、人殺しと聞くと恐ろしさに身を縮めるが、火事だと聞けば飛び出して来る。

おふみは、久蔵から人を呼びたい時にはそう叫べと教えられていた。

「火事です。誰か、火事です……」

おふみは、懸命に叫んだ。

堀端の店や家々から人が出て来た。

「長五郎の兄貴……」

梅次と仙吉は怯み、長五郎と呼んだ兄貴分に指示を仰いだ。

「何処だ。火事は何処だ……」

出て来た人々は、辺りを見廻しながら栄橋に集まって来た。

おふみは、その隙を衝いておたまの手を取って栄橋を駆け渡り、富沢町に逃げた。

長五郎と梅次や仙吉は、慌てて追い掛けた。だが、集まって来た人々に阻まれ、おふみとおたまを追い掛けるのは容易ではなかった。


此のままでは追い付かれる……。

隠れて撒くしかない。

おふみは、おたまを連れて富沢町の裏通りの路地に隠れた。

長五郎が、梅次と仙吉を従えておふみとおたまを捜しながら裏通りを駆け抜けて行った。

おふみとおたまは、路地に隠れて遣り過ごした。

おふみは、小さな吐息を洩らした。

おたまは、恐怖に顔を強張らせて小刻みに震えていた。

「もう大丈夫。私はふみですよ」

おふみは名乗り、おたまに微笑んでみせた。


仏は女衒の宇之吉、家は鎌倉町にあり、手下の梅次と身売りした娘を連れて江戸に戻って来た処を昌平橋の袂で殺された。

和馬と幸吉は、由松や雲海坊の報せを聞いてそう読み、鎌倉町の宇之吉の家に向かった。

鎌倉町は外濠鎌倉河岸の前であり、宇之吉の家は稲荷堂の傍にあった。

幸吉は、勇次、由松、清吉、新八に辺りを固めさせ、和馬と共に宇之吉の家を訪れた。


宇之吉の家には、粋な形の年増と飯炊き婆さんしかいなかった。

「お前さん、宇之吉の何なんだい……」

幸吉は、粋な形の年増に訊いた。

「ま、女房みたいなものですよ」

粋な形の年増は科を作って笑った。

「名前は……」

和馬は尋ねた。

「しまですよ。旦那……」

「そうか、おしまか。で、おしま、昨夜、宇之吉が昌平橋の袂で殺されたのを知っているか……」

「ええ。梅次が駆け戻って来ましてね。自分がちょいと眼を離した隙に、武州熊谷から連れて来たおたまって十四歳の小娘が石で宇之吉を殴り殺して逃げたって……」

おしまは、女房みたいなものにしては、宇之吉の死を哀しんではいない。

金で繋（つな）がっている情婦（おんな）……。

幸吉は見定めた。

「熊谷から連れて来たおたま……」

和馬は眉をひそめた。

公儀は人身売買を許してはいない。それ故、女衒は十年の年季奉公として女を縛り、遊女などにしていた。

「ええ。何処に逃げたのか……」

おしまは苦笑した。

「で、宇之吉の手下の梅次は何処にいる」

「さあ、宇之吉の弟の長五郎と、もう一人の手下の仙吉を連れて逃げたおたまを捜しに行きましたよ」

「何だと……」

和馬は眉をひそめた。

「和馬の旦那……」

幸吉は、思わず若い頃の呼び名で和馬を呼んだ。

「うん。幸吉、八ッ小路から日本橋迄と浜町、両国広小路界隈迄の間の自身番や木戸番に触れを廻し、武州熊谷から来たおたまって小娘と長五郎と梅次たちを捜すんだ」

「承知しました」

幸吉は、宇之吉の家を出た。


幸吉が出て来たのを見て、勇次、由松、清吉、新八が集まった。

女衒の宇之吉は、武州熊谷から連れて来たおたまと云う娘に殺された。そして、おたまは逃げ、宇之吉の弟の長五郎と手下の梅次と仙吉が追っている。

幸吉は、勇次、由松、清吉、新八に事態を教え、旅姿の十四歳のおたまを急いで捜すように命じた。

勇次と新八は、日本橋室町から小網町、浜町、両国広小路方面に向かった。

由松と清吉は、八ッ小路から神田の鍋町や鍛冶町などの町々を通って両国広小路に進む事にした。

四人は、各町の自身番の者や木戸番に旅姿の十四歳程の娘を見なかったか尋ねながら、おたまを捜し始めた。


陽は大きく西に傾いた。

遅い……。

太市は、秋山屋敷の表門前に佇(たたず)んで南茅場町(みなみかやばちょう)に続く往来を眺めた。

やって来る者の中に、おふみの姿は見えなかった。

おふみは、とっくに帰って来ても良い筈だ。

どうしたんだ……。

太市は、言い知れぬ苛立(いらだ)ちを覚えた。

「何してんだい、太市さん……」

大助が、風呂敷包みを手にして眼の前に立っていた。

「えっ。ああ、お帰りなさい。大助さま……」

太市は、我に返って大助に気が付いた。

「どうしたの……」

大助は、怪訝(けげん)な眼を向けた。

「えっ、ええ。おふみちゃんが笹舟にお使いに行きましてね。もう帰って来ても良い筈なのに、未だなんですよ」

太市は心配をした。

「へえ、どうしたのかな……」

大助は、太市と並んで南茅場町に続く道に眼を凝らした。

「太市……」

香織が、屋敷から出て来た。

「奥さま……」

「母上、只今、戻りました」

「はい。お帰りなさい。太市、おふみは……」

香織は、心配に眉をひそめていた。

「未だです」

「未だ……」

「はい。まさか、何かあったのでは……」

太市は、不安を過ぎらせた。

「ならば、済みませんが、笹舟迄行ってみてはくれませんか……」

「はい……」

太市は、おふみが柳橋の船宿『笹舟』に行く道筋は知っている。

おふみは、その道筋を戻って来る筈であり、行けば途中で出逢う。

「では、奥さま……」

太市は出掛けようとした。

「太市さん、俺も行くよ」

大助は進み出た。

「いえ。大助さまは御屋敷と旦那さまのお迎えをお願いします」

「えっ……」

「奥さま……」

「大助、太市の云う通りにしなさい」

香織は、大助に厳しく命じた。

「はい……」

大助は、不服げに頷いた。

太市は、足早に南茅場町に向かった。

香織は、心配げに見送った。

西に傾いた陽は、八丁堀を赤く染め始めた。


東堀留川には夕陽が映(は)えていた。

おふみは、おたまを連れて東堀留川に架かっている和国橋を渡ろうとした。だが、和国橋の袂には、派手な半纏を着た梅次が佇んでいた。

おたまは、思わず身を引いた。

「おたまちゃん……」

「梅次です」

おたまは震えた。

おふみは、おたまを連れて物陰に隠れた。

「何なんです。彼奴(あいつ)は……」

「宇之吉って女衒の手下です」

「女衒の手下……」

おふみは眉をひそめた。

「はい……」

「おたまちゃん、良かったらどう云う事か話してくれませんか……」

「はい。私は……」

おたまは、自分の素性と身売りされて女衒の宇之吉と江戸に来た事を告げた。

「それで、女衒の宇之吉から逃げたの……」

「はい。梅次が宇之吉の親方を殺した時に……」

おたまは、恐ろしそうに声を震わせた。

「梅次が女衒の宇之吉を殺した……」

おふみは驚いた。

「はい。それで私、恐ろしくなって逃げたんです」

梅次は、己が宇之吉を殺したのを見ていたおたまも殺すつもりだった。だが、
おたまは逸早(いちはや)く逃げた。それで、仲間と一緒におたまを捜しているのだ。

取り敢えず秋山屋敷に連れて行き、旦那さまや奥さまに相談した方が良さそうだ……。

おふみは決めた。だが、八丁堀に行くには東西の堀留川を渡るのが近い。

梅次は、東堀留川に架かる和国橋でおたまが通るのを待ち構えている。

和国橋は通れない……。

おふみはおたまを伴い、やはり東堀留川に架かっている親父橋に向かった。

・

和馬と幸吉は、殺された宇之吉と情婦のおしまを調べた。

勇次と新八は、日本橋の通りから室町におたまと思われる旅姿の娘を捜した。

由松と清吉は、神田鍋町や鍛冶町などから玉池稲荷に掛けて捜索を急いだ。

夕陽は沈み、町は大禍時（おおまがとき）の青黒さに覆われ始めた。

太市は、楓川に架かっている海賊橋を渡って日本橋川に向かった。

その間、おふみと出逢う事はなかった。

どうしたんだ……。

不吉な予感が湧き、太市は懐の萬力鎖（まんりきぐさり）を握り締めた。

日が暮れ、東堀留川に架かっている親父橋を行き交う人は少なかった。

おふみとおたまは、夜の暗がりに眼を凝らして親父橋を窺った。

親父橋の袂には、長五郎の手下の仙吉が佇んでいた。

「おふみさん……」

おたまは、親父橋の袂に佇んでいる仙吉を見詰めて囁いた。

「ええ。梅次と一緒にいた奴ですね」

おふみは、仙吉に気が付いた。

「はい……」

おたまは、恐ろしそうに頷いた。

仙吉は、親父橋の袂に佇んで辺りを見廻している。

親父橋も渡れない……。

東堀留川に架かっている残る橋は、小網町二丁目の思案橋だけだ。

八丁堀に行く他の手立ては、日本橋川の鎧ノ渡もあるが、既に日が暮れて終わっている。後は箱崎から霊岸島を抜けて行く道筋と、東西の堀留川を大きく迂回して日本橋の通りから行く道筋だ。

どちらも遠回りになり、刻が掛かる。

取り敢えず、残る思案橋に行くしかないのだ。

おふみは、おたまを連れて思案橋に急いだ。


「どうした……」

久蔵は、南町奉行所に迎えに来た大助に眉をひそめた。

「はい。おふみちゃんが笹舟に使いに出たまま戻らないので、太市さんが捜しに行きまして、私が……」

大助は、不満そうに告げた。

「なに、おふみが使いに出たまま戻らない……」

久蔵は、厳しさを浮かべた。

「はい……」

「大助、おふみが笹舟から戻る道筋は分かっているか……」

「はい。大体は……」

「ならば、一っ走り行って来い」

久蔵は命じた。

「父上は……」

「一人で戻る。行け」

「はい……」

大助は弾んだように頷き、久蔵の前から立ち去った。

おふみの身に何かが起きた……。

久蔵は、厳しい面持ちで大助を見送った。

南町奉行所を出た大助は、日本橋川に向かって猛然と走り出した。


思案橋は、東堀留川が日本橋川に流れ込む処に架かっている。

おふみとおたまは、物陰から思案橋を眺めた。

思案橋を渡り、西堀留川に架かっている荒布橋(あらめばし)を越えれば日本橋川に架かる江戸橋がある。江戸橋を渡り、楓川に架かっている海賊橋を渡って少し行くと南茅場町であり、八丁堀が続いている。

何とか思案橋を渡らなければ……。

おふみは、思案橋の袂を眼を凝らして窺った。

思案橋の袂に人影は見えなかった。

追手はいない……。

おふみは、僅かに安堵した。

「おふみさん……」

おたまの囁きには、安堵が含まれていた。

「ええ。大丈夫のようね……」

おふみは、思案橋に近付いた。

おたまが続いた。

東堀留川は、日本橋川に音もなく流れ込んでいた。

おふみとおたまは、思案橋を渡った。そして、日本橋川沿いの道を西堀留川に架かっている荒布橋に向かおうとした。

刹那、暗がりから派手な半纏を着た長五郎が現われた。

おふみとおたまは驚き、思わず後退りした。

「やっぱり来たか……」

長五郎は、狡猾な笑みを浮かべた。

おふみは、おたまを後ろ手に庇った。

「此の女。邪魔すれば、手前も女郎屋に叩き売るぜ」

長五郎は、おふみを脅した。

おふみとおたまは後退りした。そして、日本橋川の暗い流れに追い詰められた。

「さあ、おたま、大人しくこっちに来な」

長五郎は迫った。

おふみは、咄嗟に長五郎を突き飛ばした。

「逃げなさい、おたまちゃん」

おふみは叫んだ。

「でも……」

おたまは躊躇(ためら)った。

「此の女……」

長五郎は、おふみを張り飛ばした。

おふみは、短い悲鳴をあげて倒れた。

おたまは、後退りして身を翻した。

「待て、おたま……」

長五郎は、おたまを追い掛けようとした。

おふみは、長五郎の足にしがみついた。

おたまの小柄な後ろ姿は、夜の闇に駆け去った。

三

「この女……」

長五郎は、おたまに逃げられた怒りを足にしがみついているおふみに向けた。

おふみは、蹴飛ばされて転がった。

「手前、そんなに女郎に売られたいのか……」

長五郎は、倒れているおふみの胸倉を鷲摑みにして引き摺りあげた。

「は、離して……」

おふみは、苦しく踠いた。

刹那、現われた太市が長五郎に体当たりをした。

長五郎は倒れた。

「大丈夫か、おふみちゃん……」

太市は、おふみに心配げな視線を向けた。

「は、はい……」

おふみは必死に笑みを浮かべ、衝き上がる安堵に思わずしゃがみ込んだ。

「野郎……」

長五郎が匕首を抜いた。

「やるか……」

太市は長五郎を見据え、懐から萬力鎖を出した。

萬力鎖は、長さ二尺七寸程の鎖の両端に分銅を付けた捕物道具だ。

太市は久蔵に使い方を仕込まれて以来、萬力鎖を武器に何度も修羅場を潜って来ていた。

長五郎は、僅かに怯んだ。

「どうした。来ないのならこっちから行くぜ」

太市は、長五郎に猛然と襲い掛り、萬力鎖で匕首を叩き落とした。

長五郎は怯み、後退りした。

「さあて、お前、名前は何て云うんだい……」

太市は、長五郎の右腕を萬力鎖の分銅で打ち据えた。

長五郎は右腕を押さえ、激痛に顔を醜く歪めて片膝をついた。

「云わないなら、次は左腕だぜ……」

太市は、萬力鎖の分銅を廻した。

長五郎は、恐怖に激しく震えた。

「止めろ……」

男の声が背後から掛かった。

太市は振り返った。

仙吉が、おふみに匕首を突き付けていた。

しまった……。

太市は、痛め付けた男に仲間がいたのに気が付かなかったのを悔んだ。

仙吉は、二人の女が親父橋の向こうを横切ったのに気が付き、もしやと思って思案橋に駆け付けたのだ。

「鎖を棄てろ。棄てなければ女をぶっ殺すぞ」

仙吉は、声を震わせた。

「太市さん、私に構わず……」

「煩せえ」

仙吉は、匕首をおふみの喉に押し付けた。

おふみは仰け反った。

「分かった。棄てる。鎖を棄てるから、女は助けてくれ」

太市は、萬力鎖を棄てた。

「野郎……」

長五郎が左手で匕首を拾い、太市の背に体当たりした。

「太市さん……」

おふみは悲痛に叫んだ。

太市は顔を歪め、背中から血を滴らせて膝をついた。

「ぶっ殺してやる」

長五郎は、怒りと右腕の激痛に震え、血の附いた匕首を太市に翳した。

若い男の甲高い気合いが、夜の闇に鋭く響き渡った。

長五郎と仙吉は戸惑った。

闇を巻いて現れた大助が、猛然と長五郎に飛び掛かった。

長五郎は、慌てて太市の傍から跳び退いた。

「おのれ、曲者……」

大助は、刀を抜いて長五郎に迫った。

「大助さま……」

おふみの切迫した声がした。

大助は振り返った。

仙吉は、匕首を構えて大助に突っ込んだ。

刹那、大助は刀の峰を返し、仙吉の横腹に叩き込んだ。

久蔵仕込の心形刀流の一刀だった。

仙吉は、眼を剝いて気を失い、その場に倒れた。

大助は、長五郎を捜した。だが、長五郎は既に闇の中に逃げ去っていた。

「おのれ……」

大助は、腹立たしげに刀を鞘に納めた。

「大助さま……」

「無事か、おふみちゃん……」

「太市さんが、太市さんが……」

おふみは、倒れている太市に駆け寄った。

大助が続いた。

おふみと大助は、太市の様子を見た。

「助かりました。大助さま……」

太市は、引き攣ったような笑みを浮かべた。

「うん。傷は浅いぞ、太市さん。今、医者に連れて行く」

大助は告げた。

「誰だ、何をしている」

勇次と新八が駆け寄って来た。

「勇次さん、新八さん……」

大助は喜んだ。

「こりゃあ大助さま。太市、おふみちゃんじゃあないか……」

勇次は戸惑った。

「勇次さん、太市さんが刺された。医者が何処か分かりますか……」

大助は叫んだ。


勇次は、新八に縛りあげた仙吉を自身番に預けて来るように命じ、大助やおふみと共に太市を近くの町医者の許に担ぎ込んだ。

町医者は、太市の手当てを始めた。

「さあて、大助さま、おふみちゃん、事の次第を聞かせて貰えますか……」

勇次は尋ねた。

「はい……」

おふみは、事の次第を手早く勇次に告げた。

「十三、四歳の旅の娘……」

勇次は、捜している旅の娘がおふみと一緒だったのを知った。

「はい……」

「おふみちゃん、旅の娘の名は……」

「おたまちゃんです」

「で、小網町二丁目の方に逃げたんだね」

「はい。お願いです、勇次さん。おたまちゃんを女衒の仲間から助けてあげて下さい」

おふみは、勇次に頭を下げて頼んだ。

「分かった。じゃあ大助さま……」

勇次は微笑んだ。

「うん。助かったよ。勇次さん……」

大助とおふみは、勇次に礼を述べた。

勇次は、自身番から戻って来た新八を連れて小網町二丁目に向かった。

太市の背中の傷は、深手ではなかった。

おそらく長五郎は、利き腕の右腕の骨を折られ、左手に握った匕首で刺したので力が入らなかったのだ。

太市は眠っていた。

「だが、幾ら深手ではなくても油断は出来ぬ。傷口から毒が入ったり、高い熱が続けば命が危ない。暫くは静かに養生させなさい」

町医者は告げた。

「はい。承知しました」

おふみは頷いた。

「よし。太市さん、屋敷に帰ろう」

大助は、眠っている太市を背負い、おふみと町医者の家を出た。

月明かりは冴え、西堀留川の流れは煌めいていた。

大助は太市を背負い、おふみと西堀留川に架かっている荒布橋を渡った。そして、日本橋川に架かる江戸橋に向かった。

「太市さん、もう暫くの辛抱だよ」

太市を背負った大助とおふみは、八丁堀岡崎町の秋山屋敷に急いだ。

夜風が吹き抜け、気の早い桜の花片(はなびら)が舞い散った。


秋山屋敷は常夜燈を灯し、表門を開けておふみ、太市、大助の帰りを待っていた。

久蔵は、式台に腰掛けていた。

「旦那さま……」

香織と小春が茶を持って来た。

「うむ……」

「何事もなければ良いのですが……」

香織は心配した。

「ま、太市が捜しに行っているのだ。心配はあるまい」

久蔵と香織は、開け放した表門を眺めた。

提灯(ちょうちん)を手にした与平が隠居所から現れ、表門の外に出て心配げに辺りを窺った。

「外を覗くのは、此処半刻で十度目だ……」

久蔵は苦笑した。

「与平が……」

香織は涙ぐんだ。

「旦那さま……」

門前の与平が、久蔵と香織を振り返った。

「どうした……」

久蔵は立ち上がった。

与平は言葉にならない声をあげ、南茅場町の方を指差した。

「誰か帰って来たんです」

小春が、与平の許に走った。

「旦那さま……」

「うむ……」

久蔵と香織は、式台を降りた。

太市を背負った大助とおふみが、夜道をやって来た。

秋山屋敷の門前には、提灯を持った与平と駆け出して来た小春がいた。

「おふみちゃん……」

「大助さま、太市……」

小春と与平は、太市を背負った大助とおふみに駆け寄った。

「与平の爺ちゃん、小春……」

大助は、太市を背負ったままよろめいた。

小春と与平が、慌てて大助を支えた。

久蔵と香織が出て来た。

「父上、母上、只今戻りました」

「大助、太市はどうした」

久蔵は、厳しい眼を向けた。

「はい。匕首で背中を刺されました……」

「私の所為です。太市さん、私を助けようとして……」

おふみは嗚咽を洩らした。

「大丈夫です。医者には診せました」

大助は告げた。

「おふみ……」

香織は、すすり泣くおふみの肩を優しく抱いた。

「よし。小春、座敷に蒲団を敷け。与平、表門を閉めろ」

久蔵は命じた。

小春は、屋敷に駆け戻り、与平は表門を閉め始めた。

「御苦労だったな、大助。後は引き受けた」

「はい……」

大助は、眠っている太市を久蔵に渡した。

久蔵は、太市を背負って屋敷に向かった。

大助は、疲れ果ててその場にへたり込んだ。

「大丈夫ですか、大助さま……」

与平は、白髪眉をひそめて心配した。

「爺ちゃん、水、水を……」

大助は、肩で大きく息をついた。

太市は、敷かれた蒲団に俯せに寝ていた。

久蔵と香織は、太市の様子を窺った。

「熱がありますね」

香織は眉をひそめた。

「だが、息に乱れはない。心配あるまい」

久蔵は読んだ。

おふみは、小さな盥に汲んだ水に浸けた手拭を絞って太市の額に載せ、心配げに見詰めていた。

「さて、おふみ。何があったのか、聞かせて貰おう」

久蔵は、おふみに向き直った。

「は、はい……」

おふみは座り直し、柳橋の船宿『笹舟』からの帰り、浜町堀で女衒の仲間に追われている旅姿のおたまと出逢った事と、それからの出来事を詳しく話した。

「太市さんは、女衒の仲間に捕まった私を助ける為に萬力鎖を棄て、刺されたんです。ですから、私の所為なのです」

おふみは、涙を零した。

「心配するな、おふみ。太市は己の判断で萬力鎖を棄てたんだ。悔いてはいまい」

「は、はい……」

おふみは、眠っている太市を感謝を込めた眼で見詰めた。

「そして、大助が駆け付けたか……」

「はい。大助さまのお陰で助かりました」

「そうか。して、おふみ、おたまは女衒の宇之吉を殺したのは、手下の梅次だと云ったのだな」

「はい。それで、見ていたおたまちゃんも殺そうとしたので、逃げたんだと……」

おふみは告げた。

「そうか……」

久蔵は眉をひそめた。

和馬の報せでは、連れて来た娘が女衒の宇之吉を石で殴り殺して逃げた。それで、梅次が宇之吉の弟の長五郎や配下の仙吉と共におたまを捜しているとの事だった。

食い違っている……。

どちらかが嘘を吐いているのだ。

久蔵は睨んだ。

「旦那さま、どうか、どうか、おたまちゃんをお助け下さい。お願いします」

おふみは、久蔵に頭を下げて頼んだ。

「うむ。で、おふみ、おたまは小網町二丁目の方に逃げ、勇次と新八が捜しているのだな」

「はい……」

「そうか……」

久蔵は頷いた。

「処でおふみ、そのおたまをどうして助けようと思ったのですか……」

香織は尋ねた。

「はい。九年前、私も人殺しに追われ、恐ろしい思いをしたので……」

おふみは十四歳の時、奉公先で人殺しの企みを聞いて追われ、北町奉行所臨時廻り同心の白縫半兵衛(しらぬいはんべえ)に助けられ、秋山屋敷に預けられたのだ。

「そうですか……」

香織は、おふみの気持ちが良く分かった。

「良くやった、おふみ。御苦労だったな」

久蔵は、おふみを労った。

「父上、母上……」

　大助と小春が入って来た。

「大助、夕餉は済みましたか……」

「はい」

　大助は、小春の給仕で夕餉を食べた。

「充分に食べました」

　小春は笑った。

「煩い……」

「大助……」

「はい……」

「明日から太市に代わって屋敷を護れ」

　久蔵は命じた。

「心得ました」

「小春、お前はおふみに代わって母上を助け、与平の世話をするのだ」

「はい。お任せを……」

　小春は、張り切って頷いた。

「おふみ……」

「はい……」

「太市が良くなる迄、看病をな……」

「承知しました。ありがとうございます」

おふみは、嬉しげに頭を下げた。

「うむ……」

久蔵と香織は微笑んだ。

行燈の明かりは、眠る太市と付き添うおふみを仄かに照らしていた。

おふみは、眠っている太市の額に載せてあった手拭を取り、盥の水で絞り直した。

「おふみちゃん……」

太市の嗄れた声がした。

おふみは驚き、太市を振り返った。

太市が眼を覚ましていた。

「太市さん……」

おふみは、太市を見詰めた。

「造作を掛けたね」

太市は、小さな笑みを浮かべた。

「良かった。良かった、太市さん……」

おふみは、太市の手を取り、涙を零して喜んだ。

太市は、おふみの手を握り返した。

庭の桜の木の花は、七分咲きだった花片を僅かに綻(ほころ)ばせていた。


翌朝。

久蔵は、和馬と柳橋の幸吉を南町奉行所の用部屋に呼んだ。

和馬と幸吉は、昨夜のおふみの一件を勇次から聞いていた。

「で、柳橋の、おたまは見つかったか……」

久蔵は尋ねた。

「昨夜から勇次や由松たちが捜していますが、未だ……」

幸吉は告げた。

「殺された女衒の宇之吉の弟の長五郎と手下の梅次もか……」

「はい……」

「そうか。で、おふみの話では、おたまは手下の梅次が宇之吉を殺し、そいつを見た自分も殺そうとしたので逃げたと云っていたそうだ」

久蔵は告げた。

「ですが秋山さま、梅次は宇之吉の情婦(おんな)のおしまに、おたまが宇之吉を殺して逃げたと……」

和馬は眉をひそめた。

「うむ。おたまが逃げる為に宇之吉を殺したってのが、一番腑に落ちるが……」

久蔵は、小さな笑みを浮かべた。

「腑に落ち過ぎですか……」

幸吉は、久蔵の腹の内を読んだ。

「ああ。だが、おたまが云うように梅次が宇之吉を殺したとなると、その理由が何かだ」

「手下の梅次が親方の宇之吉を殺す理由ですか……」

幸吉は眉をひそめた。

「ああ……」

久蔵は頷いた。

「そう云えば秋山さま、宇之吉の情婦のおしまなんですが、旦那の宇之吉が死んでもそれ程、哀しんでいるようには見えませんでしてね」

幸吉は思い出し、首を捻った。

「おしまか……」

「はい。その辺に何かあるかもしれません」

「おしまの素性は……」

「葛飾（かつしか）の百姓の娘でしてね。岡場所で女郎働きをしていたのですが、五年前に宇之吉に身請（みう）けされたそうです」

和馬は告げた。

「そうか。ならば和馬、梅次とおしまの拘わりを急ぎ洗ってみるのだな」

「心得ました」

和馬は頷いた。

「とにかく柳橋の。長五郎や梅次より先におたまを見つけるか、さっさと長五郎と梅次を見つけてお縄にするかだ……」

久蔵は、厳しい面持ちで命じた。

小網町二丁目から箱崎、北新堀町、霊岸島、そして浜町……。

幸吉は、勇次、由松、新八、清吉とおたま、長五郎、梅次の行方を追った。

四

外濠、鎌倉河岸の水面には、気の早い桜の花片が散っていた。

和馬と雲海坊は、殺された女衒の宇之吉の家を見張った。

おしまが動く気配は窺えず、雲海坊は聞き込みに歩いた。

「どうだ。雲海坊……」

「おしまの評判、余り良くありませんね」

雲海坊は苦笑した。

「ああ……」

「和馬の旦那……」

雲海坊は、宇之吉の家を示した。

飯炊き婆さんが宇之吉の家から現れ、鎌倉河岸に向かった。

「ちょいと握らせてみますよ……」

雲海坊は、飯炊き婆さんを追った。


飯炊き婆さんは、鎌倉河岸を竜閑橋に進んだ。

雲海坊は追った。

飯炊き婆さんは、竜閑橋界隈の八百屋などで買い物をし始めた。

雲海坊は見守った。

飯炊き婆さんは、買い物を終えて来た道を戻り始めた。

雲海坊は経を読みながら、飯炊き婆さんに近付いた。

「此はお坊さま……」

婆さんは、雲海坊に手を合わせた。

「ちょいと訊きたい事があるんだがね」

雲海坊は囁いた。

「えっ……」

婆さんは戸惑った。

「どうだい。汁粉でも食わないか……」

雲海坊は、傍らにある甘味処に誘った。

「えっ、ええ……」

婆さんは頷いた。


「お内儀(かみ)さんと旦那ですか……」

婆さんは眉をひそめた。

「うん。仲は良いんだろうね」

「ま、旦那と囲われ者ですからね」

婆さんは苦笑した。

「本当の処は、余り仲は良くないのかな」

雲海坊は、婆さんの苦笑の意味を読み、素早く小粒を握らせた。

「お坊さま……」

婆さんは、思わず小粒を握り締めた。

「どうなんだい……」

「ええ。お内儀さん、身請してくれたから抱かれていますが、本当はね……」

婆さんは、意味ありげに笑った。

おしまは、旦那の宇之吉を本音では嫌っているようだ。

雲海坊は読んだ。

「お待たせしました」

小女が、汁粉を持って来た。

「さあ、食べなさい」

「ええ。戴きますよ」

婆さんは、汁粉を美味そうに食べ始めた。

「じゃあお内儀さん、他に好きな男でもいるのかな」

「さあ、それは分からないけど、出来るものなら旦那と別れたかったようですよ」

「へえ、そんなに嫌っていたのか……」

「まあね。だから、旦那が殺されても哀しむ処か、はしゃいでいますからね」

婆さんは笑った。

「お内儀さん、手下の梅次とはどうなんだい」

「梅次は、お内儀さんの云う事を何でも聞きますからね。そりゃあ可愛がっていますよ」

婆さんは、汁粉を美味そうに食べ続けた。

「そうか。梅次は可愛がっているか……」

梅次は、おしまにとって使い勝手の良い男なのだ。

雲海坊は知った。


大川が流れ込む江戸湊は光り輝いていた。

永代橋は大川の河口に架かり、西詰の北新堀町には船番所や御船蔵があった。

その御船蔵の前には稲荷堂があった。

おたまは、稲荷堂に隠れて一夜を過ごした。

永代橋は深川と結び、大勢の人が行き交っていた。

助けてくれたおふみさんはどうしたのだろう……。

おたまは、行き交う人々を不安げに眺めた。

行き交う人々の中におふみの姿はなく、派手な半纏を着た男が見えた。

梅次たちが追って来る……。

おたまの不安は募った。

逃げなければ……。

おたまは行き交う人々の間を抜け、日本橋川に架かる豊海橋を渡って霊岸島に向かった。

霊岸島に渡ったおたまは、海沿いの大川端町に進んだ。

おたまは、海辺にある稲荷堂の境内に入り、江戸湊を眩しげに眺めた。

光り輝く江戸湊には、何隻もの千石船が停泊し、多くの艀が行き交っていた。

おたまは、武州熊谷の水呑百姓の娘に生まれ、借金の形に年季奉公に出された己の運命を哀しむしかなかった。

船に乗って、海の向こうに行ってしまいたい……。

おたまの眼に涙が溢れた。

「おたま……」

男の怒声があがった。

おたまは振り返った。

長五郎と梅次が、派手な半纏を翻しておたまに駆け寄って来た。

おたまは狼狽え、逃げようとした。しかし、海に逃げ道はない。

「馬鹿野郎……」

長五郎は、太市に痛め付けられた右手が未だ使えないのか、左手でおたまを殴った。

おたまは、短い悲鳴をあげて倒れた。

「面倒を掛けやがって。叩き殺して宇之吉の兄貴の恨みを晴らしてやる」

長五郎は凄んだ。

「おたま、覚悟するんだな」

梅次は嘲笑した。

「違う。私じゃない。宇之吉の親方を殺したのは梅次です。私じゃあない……」

おたまは必死に叫んだ。

「煩せえ……」

梅次は、おたまを蹴飛ばした。

「おたま、手前、俺に罪を擦り付けるなんて、良い度胸だぜ。ねえ、長五郎さん……」

「ああ……」

「宇之吉の親方の恨み、晴らすぜ」

梅次は匕首を抜いた。

おたまは、恐怖に激しく震えた。

梅次は、匕首を構えておたまに迫った。

「そこ迄だ」

岡っ引の柳橋の幸吉が現れた。

梅次と長五郎は怯んだ。

勇次と新八が、おたまと梅次に猛然と駆け寄った。

梅次は、慌てて長五郎の許に戻った。

勇次と新八は、おたまを庇った。

長五郎と梅次は逃げようとした。

由松と清吉が、長五郎と梅次の背後を素早く塞いだ。

「な、何だ。手前ら……」

長五郎と梅次は、激しく狼狽えた。

「静かにしな。長五郎、梅次……」

幸吉は、長五郎と梅次に十手を見せた。

「お、俺たちは兄貴を殺した娘を……」

長五郎は焦った。

「煩せえ……」

幸吉は遮った。

「昨夜、手前らが思案橋の袂で南町奉行所与力秋山久蔵さまの身内を刺したのは分かっているんだ。神妙にしな」

幸吉は告げた。

「か、剃刀久蔵の身内……」

長五郎は驚いた。

「安心しな、おたま。俺たちはおふみちゃんの知り合いだよ」

勇次は、おたまに告げた。

「おふみさんの……」

おたまは、戸惑いと安堵を交錯させた。

「さあて、長五郎、梅次。大番屋に来て貰うぜ」

幸吉は告げた。

「冗談じゃあねえ」

梅次は、匕首を振り廻して逃げようとした。

新八が追い、清吉が行く手を塞いだ。

梅次は、囲みを破ろうと匕首を振り廻した。
新八と清吉は、梅次と渡り合った。
長五郎は、左手に匕首を握り締めておたまに襲い掛かった。
勇次が、十手を唸らせた。
甲高い音が鳴り、匕首が煌めきながら江戸湊に飛んだ。
長五郎は怯み、狼狽えた。
勇次は、長五郎を十手で殴り飛ばした。
長五郎は、地面に激しく叩き付けられた。
勇次は、倒れた長五郎に縄を打った。
新八と清吉は、梅次の匕首を奪い取った。
梅次は、尚も激しく抗(あらが)った。
「好い加減にしやがれ」
由松は、鉄拳を嵌(は)めた拳(こぶし)を振るった。
梅次は殴り飛ばされた。
新八と清吉が、倒れた梅次を押さえ付けて縄を打った。
幸吉たちはおたまを保護し、長五郎と梅次を南茅場町の大番屋に引き立てた。

江戸湊は煌めいた。

宇之吉の家は静けさに覆われていた。

和馬と雲海坊は見張り続けた。

「そうか。やはり、おしまは旦那の宇之吉を嫌っていたのか……」

和馬は、おしまの宇之吉に対する気持ちを知った。

「ええ。飯炊き婆さんの話じゃあ、手下の梅次を可愛がり、便利に使っているそうですぜ」

雲海坊は告げた。

「まさか、おしま、梅次と出来ているんじゃあないだろうな」

和馬は読んだ。

「そいつはないと思いますが、男と女、何があっても不思議はない、ですか……」

雲海坊は苦笑した。

おしまが、宇之吉の家から出て来た。

「雲海坊……」

和馬と雲海坊は、素早く物陰に隠れた。

おしまは辺りを見廻し、裏通りを神田八ッ小路に向かった。

「旦那……」

「うん……」

雲海坊と和馬は、おしまを追った。

おしまは粋な形をし、何処と無く弾んだ足取りだった。

「何だか浮かれた足取りだな」

和馬は眉をひそめた。

「ええ。情夫にでも逢いに行く気ですかね……」

雲海坊は読んだ。

おしまは、八ッ小路に出て昌平橋に向かった。

和馬と雲海坊は追った。


大番屋の詮議場は、桜の季節になっても冷え冷えとしていた。

久蔵は、幸吉の報せを受けて大番屋にやって来た。

「おたま、此方はおふみちゃんが奉公している御屋敷の秋山久蔵さまだよ」

幸吉は、おたまを久蔵に引き合わせた。

「は、はい。たまです」

おたまは、身を硬くして挨拶をした。

「やあ、おたま……」

久蔵は、微笑み掛けた。

「あの、秋山さま……」

おたまは、恐る恐る久蔵を見上げた。

「なんだい……」

「おふみさんは……」

おたまは心配した。

「ああ。無事に屋敷に帰って来ているよ」

「良かった……」

おたまは安堵し、小さく笑った。

「それで、お前の事を心配している」

「そうですか……」

「して、おたま。女衒の宇之吉を殺したのは誰なんだい」

「梅次です。梅次が橋の袂で草鞋を直そうとしゃがんだ宇之吉の親方を石で……」

おたまは、恐ろしそうに声を震わせた。

「殴ったか……」

「はい。そして、川に落し、私も殺そうとしました。だから私……」

「逃げたのか……」

「はい……」

おたまは頷いた。

「おたま、そいつに間違いはないんだな」

「はい、本当です」

おたまは、久蔵を見詰めて頷いた。

嘘はない……。

久蔵は、おたまの話に嘘はないと見定めた。

「よし。分かった。幸吉、誰かに云って、おたまを俺の屋敷に送らせてくれ。で、梅次を連れて来な」

「承知しました。さあ、おたま。おふみちゃんの処に行くよ」

「はい……」

おたまは、嬉しげに眼を輝かせて久蔵に頭を下げ、幸吉に伴われて詮議場から出て行った。

女衒の宇之吉を殺したのは、手下の梅次に間違いはない。だが、分からないのは、何故に梅次が宇之吉を殺したのかだ。

久蔵は思いを巡らせた。

刻が過ぎた。

「さあ、入りな」

幸吉が、梅次を連れて来て筵の上に引き据えた。

「お前が梅次か……」

久蔵は、座敷から梅次を見据えた。

「は、はい……」

梅次は、恐ろしげに久蔵を見上げた。

「女衒の宇之吉をどうして殺したのだ」

久蔵は、いきなり梅次を宇之吉殺しの下手人と決め付けた。

「あ、秋山さま、あっしは宇之吉の親方を殺しちゃあおりません」

梅次は、恐怖に喉を引き攣らせた。

「恨みか、それとも誰かに頼まれたのか……」

久蔵は、梅次の言葉に取り合わなかった。

「秋山さま……」

「梅次、惚けても無駄だ。お前が殺ったのは分かっている」

久蔵は、笑みを浮かべて梅次を見据えた。腹の内を見透かすような冷たい笑みだった。

梅次は、観念したように項垂れた。

「それで、どうして殺した」

「か、金です。金で揉めて、それから扱き使われて来た恨みで……」

「殺したか……」

「はい……」

梅次は、項垂れたまま頷いた。

「では何故、一昨日の夜、昌平橋の袂で殺したのだ」

「えっ……」

「殺すなら旅先で幾らでも殺れた筈だ。それなのに何故、江戸に戻ってから殺ったのだ」

「そ、それは……」

「迷ったからか……」

久蔵は読んだ。

「は、はい……」

「迷ったのは、誰かに頼まれての殺しだったからかな……」

久蔵は、誘いを掛けた。

「ち、違います。誰かに頼まれたからではありません。あっしが恨んで。旅先で殺ろうと思ったんですが出来なくて、江戸迄。誰かに頼まれたからじゃありません。本当です」

梅次は、微かな焦りを滲ませた。

誰かに頼まれての宇之吉殺し……。

久蔵は読んだ。

「梅次、正直に云いな。誰に頼まれたんだ」

「誰にも頼まれちゃあおりません。あっしが宇之吉の親方を恨んで殺ったんです」

梅次は、懸命に訴えた。

頼んだ者を庇っている……。

久蔵は見定めた。


入谷鬼子母神の隣りの清玄寺には、読経が響いていた。

和馬は、花や線香を売っている茶店の縁台に腰掛け、茶を飲みながらおしまが入った清玄寺を見張った。

「拙僧も茶を所望致す」

雲海坊が、饅頭笠を取りながら和馬の隣りに腰掛けた。

「おしま、清玄寺の裏手にある家作に来たようですぜ」

雲海坊は、和馬に囁いた。

「家作。じゃあ、おしまは宇之吉の弔いの相談に来たんじゃあないのか……」

和馬は眉をひそめた。

「おそらく……」

雲海坊は頷いた。

「お待たせしました」

茶店の老亭主が、雲海坊に茶を持って来た。

「亭主、清玄寺の家作には、誰が住んでいるのかな」

和馬は尋ねた。

「清玄寺の家作ですか……」

「うむ……」

「浪人さんが一人で暮らしていますよ」

老亭主は、清玄寺を眺めた。

「名は分かるか……」

「確か、松本健三郎(まつもとけんざぶろう)さんだったと思いますが……」

「その松本健三郎、どんな浪人だ……」

「三十過ぎの浪人さんで、売れない絵師だと聞いていますよ」

「売れない絵師ねえ」

雲海坊は眉をひそめた。

「で、亭主、さっき、粋な形の年増が松本の家を訪れたのだが、知っているかな」

「ああ。あの年増は、松本さんの情婦ですよ」

老亭主は事も無げに云った。

「和馬の旦那……」

「ああ。おしまの奴、売れない絵師の松本に貢いでいるのかもしれねえな」

和馬は、厳しさを浮かべた。


秋山屋敷の桜は咲き誇った。

台所の囲炉裏端には、おたまが緊張した面持ちで座っていた。

「おふみは、今来ますからね……」

香織は微笑んだ。

九年前、屋敷に初めて来た時のおふみに良く似ている。

香織は、おふみがおたまを助けた理由が良く分かった。

「おたまちゃん……」

おふみが台所に入って来た。

「おふみさん……」

おたまは、顔を輝かせた。

「無事で良かった……」

「はい……」

おたまとおふみは、手を取り合って嬉し涙を零した。


幸吉と勇次は、梅次を詮議場の筵の上に引き据えた。

詮議場には、久蔵と和馬が待っていた。

「梅次、お前、おしまに情夫がいたのを知っているか……」

久蔵は、冷笑を浮かべた。

「えっ……」

梅次は戸惑った。

「松本健三郎と云う浪人でな。入谷の寺の家作に住んでいる売れない絵師だ。おしまは昼前に行って、未だいる筈だ」

和馬は、おしまの見張りに雲海坊を残して久蔵に報せに戻っていた。

久蔵は、和馬の報せを受けて、再び梅次を詮議場に引き据えたのだ。

「そんな……」

梅次は、言葉を失って呆然とした。

「ああ。梅次、おしまは宇之吉が死んだので、誰憚ることなく浪人の松本健三郎を鎌倉町の家に引き入れるつもりのようだ」

久蔵は告げた。

梅次は、顔色を変えて震えた。

「梅次、気の毒だが、お前が獄門（ごくもん）になっても、おしまは泣いても、手を合わせてもくれないかもしれぬ」

久蔵は、梅次を哀れんだ。

「お内儀さんです。秋山さま、あっしはお内儀のおしまに頼まれたんです、宇之吉の親方を旅の途中で殺してくれと、おしまに頼まれて殺したんです」

梅次は吐いた。

「間違いないな。梅次……」

「はい……」

梅次の眼には、おしまに裏切られた口惜し涙が滲んでいた。

「和馬……」

久蔵は、和馬を促した。

「はい。おしまを引き立てます」

和馬は、幸吉と勇次を従えて入谷に走った。

「梅次の奴、一度抱かれてやったらその気になって言いなり、馬鹿な三下ですよ」

おしまは、梅次が吐いたと知り、口汚く罵った。

女衒の宇之吉殺しは落着した。

所詮、小悪党同士の欲に塗れた騙し合い……。

久蔵は冷たく笑った。

秋山屋敷の桜は満開になった。

太市は、どうにか動ける迄に回復し、濡縁にいる久蔵に挨拶をした。

「無理をするな、太市……」

久蔵は、挨拶に来た太市を心配した。

「いえ。もう大丈夫です」

太市は笑った。

「ならば良いが……」

久蔵は、太市の判断に任せる事にした。

「はい。処で旦那さま、おたまはどうしました」

「うむ。柳橋が面倒をみてくれる事になってな。笹舟のお糸に預けたよ」

幸吉とお糸夫婦は、おたまが抱えた借金を始末し、船宿『笹舟』に奉公させるか、隠居した弥平次おまき夫婦の向島の隠居所の女中にするつもりだった。

「おふみと香織も、それが良いだろうと云ってな」

「そりゃあ良かった。あの、実は旦那さま……」

「うん。何だ……」

「あら、太市。もう動いても良いのですか」

香織がやって来た。

「はい」

「それじゃあ、今夜は太市の床払いのお祝いをしましょう」

香織は張り切った。

「そいつは良い」

久蔵は頷いた。

「旦那さま、奥さま、手前の床払いのお祝いなど……」

太市は遠慮した。

「太市、遠慮は無用ですよ」

「は、はい。では手前は此で……」

太市は、会釈をして立ち去ろうとした。

「太市、貴方もいなさい」

香織は命じた。

「えっ……」

太市は戸惑い、久蔵を窺った。

久蔵は頷いた。

太市は戻った。

「どうしたのだ、香織……」

久蔵は、香織に怪訝な眼を向けた。

「はい。実はおふみが嫁に行きたいと云い出しましてね」

香織は笑顔で告げた。

「おふみが……」

久蔵と太市は驚いた。

「はい……」

「相手は誰だ。おふみは何処の誰に嫁に行きたいと云い出したのだ」

「誰だと思います」

香織は、悪戯（いたずら）っぽく勿体（もったい）を付けた。

「誰だ。早く申せ」

久蔵は苛立った。

「はい。それが旦那さま、おふみが嫁に行きたい相手は、太市にございます」

香織は、太市に微笑んだ。

「太市……」

久蔵は、思わず太市を見た。

太市は言葉を失った。

「はい。おふみは太市の許に嫁に行きたいと申しております」

香織は告げた。

「そうか、おふみが太市の嫁になりたいと云っているのか……」

久蔵は、事の成行きに戸惑った。

「はい。それで太市、貴方はどうですか……」

香織は、太市を窺った。

「は、はい……」

太市は狼狽えた。

「どうなんだ。太市……」

久蔵は尋ねた。

「は、はい。私もおふみちゃんを……」

太市は頬を赤らめ、喉を引き攣らせた。

「嫁に貰いますか……」

香織は念を押した。

「はい。奥さま、旦那さま、宜しくお願いします」

太市は、久蔵と香織に手をついて頼んだ。

「良かった。では、おふみを呼んで参ります」

香織は、楽しげな面持ちで立ち去った。

「太市、お前が言い掛けたのは、おふみの事だったのかな……」

久蔵は尋ねた。

「はい……」

太市は頷いた。

「そうか、おふみを嫁に貰うか。良かったな」

「ありがとうございます」

太市は、久蔵に頭を下げた。

「うむ、目出度い……」

久蔵は笑った。

風が吹き抜け、満開の桜の花は舞い散って桜吹雪となった。

香織が、俯き加減のおふみを伴って廊下を来た。

桜吹雪は、風に吹かれて廊下に舞った。

おふみは、桜吹雪に包まれた。

第二話

隅田川

一

隅田川は千住（せんじゅ）大橋を潜って江戸に入り、浅草吾妻橋からの下流は〝大川〟とも呼ばれて江戸湊に流れ込んでいた。

桜並木の堤（つつみ）で名高い向島は、隅田川の東岸にある源森川（げんもりがわ）の北から綾瀬川迄の間にある小梅村、寺島村、隅田村（すだむら）を云った。

向島には名高い寺社や料理屋があり、広々とした緑の田畑が広がっていた。

隅田川の流れは煌めき、様々な船が行き交っていた。

柳橋の船宿『笹舟』の女将のお糸を乗せた猪牙舟は吾妻橋を潜り、隅田川を遡って向島に進んだ。

「随分、暖かくなったわね」

お糸は、降り注ぐ陽差しを眩しげに見上げた。

「ええ。漸く夜の見張りも楽になりましたよ」

下っ引の勇次は、猪牙舟の櫓を巧みに操って隅田川を遡った。

「船頭の腕、落ちていないわね」

お糸は微笑んだ。

「そりゃあもう、亡くなった伝八親方仕込の船頭の腕、落しちゃあ罰が当たりますよ」

勇次は、元々は船宿『笹舟』の船頭であり、それから先代の柳橋の弥平次の手先として働くようになった。

「伝八の親方、優しい人だったな……」

お糸は、浪人だった実父が殺されて『笹舟』に引き取られた時、何かと声を掛けて励ましてくれた伝八を懐かしんだ。その伝八は晩年を葛飾の甥の家に世話になり、天寿を全うしていた。

「ええ……」

勇次は、伝八の日焼けした皺の深い顔と胴間声を思い出しながら、猪牙舟を桜餅で名高い長命寺の手前の小川に進めた。


小川は、緑の田畑の中を長閑に流れていた。

勇次は、お糸を乗せた猪牙舟を進め、小さな船着場に船縁を寄せた。

「さあ、着きましたぜ。あっしは猪牙を繋いでから行きます」

「はい……」

お糸は、風呂敷包みを持って猪牙舟を降り、傍にある背の高い生垣に囲まれた家に向かった。


背の高い生垣に囲まれた家は、船宿『笹舟』を養女のお糸と幸吉に任せて隠居した弥平次とおまきの隠居家だった。

「今日は……」

お糸は、背の高い生垣に囲まれた家の木戸門を入って声を掛けた。

「はい……」

裏手から若い女の返事がし、おたまが濡れた手を前掛で拭いながら出て来た。

「あっ、女将さん……」

おたまは顔を綻ばせた。

「おたま、変わりはないようだね」

お糸は微笑んだ。

「はい……」

「お父っつぁんとおっ母さんは、中かい」

「はい。御隠居さまは平ちゃんと遊んでいて、大女将さんはこれから私に鮒飯(ふなめし)の作り方を教えてくれる処です」

「あら、鮒飯なら、私も大昔におっ母さんに教わったよ」

「そうなんですか……」

「ええ。しっかり覚えるんだよ」

「はい……」

おまきが料理を教えるのは、おたまを可愛がっている証だ。

良かった……。

お糸は、おたまをおまきに預けて良かったと安心した。

「今日は、おっ母さん……」

お糸は、おたまを伴って勝手口から台所に入った。

「あら、お糸かい。いらっしゃい……」

おまきは、鮒を洗いながら迎えた。

「おっ母さん、筍（たけのこ）の良いのが手に入ったので、船橋屋の羊羹（ようかん）と持って来ましたよ」

「あら、嬉しいね。いいね、おたま、鮒をおろして腸（はらわた）を取る時、肝を潰さないように気を付けるんだよ。苦いから……」

「はい……」

「じゃあ、やって御覧……」

おまきは、おたまに場所を譲った。

「はい……」

おたまは、張り切って鮒をおろし始めた。

「いつも済まないねえ、お糸……」

おまきは、お糸に礼を云って筍と羊羹を受け取った。

「いいえ。それより、済みませんね、平次がお世話になって……」

「何云ってんの、お祖父さんが遊んで貰って、御礼を言うのはこっちだよ……」

おまきは、居間に向かった。

お糸は、苦笑しながら続いた。


居間の先の庭の隅では、弥平次と五歳になる孫の平次がしゃがみ込んで穴を掘っていた。

「平ちゃん、おっ母さんが来たよ」

おまきは、縁側から告げた。

「おっ母ちゃん、見て……」

平次は、泥だらけの手で欠け茶碗を持って縁側にいるお糸に駆け寄った。

「あら、何かな」

お糸は、欠け茶碗の中を覗いた。

欠け茶碗の中には、数匹のみみずが蠢(うごめ)いていた。

「わっ……」

お糸は驚き、思わず眼を背けた。

「魚釣りの餌だよ」

平次は、驚いたお糸に云い返した。

「お糸、迎えに来たのか……」

弥平次は、膝の土を叩き落としながら立ち上がった。

「ええ。済みませんねえ。いつも子守りをさせちゃって……」

「いいのよ。可愛い孫の平ちゃんと遊ぶのが楽しいんですから」

おまきは苦笑し、茶を淹れ始めた。

「どうだ、みんなに変わりはないか……」

「はい。お陰さまで。幸吉が宜しく云っておりました」

「そうかい。そいつは何よりだ」

弥平次は頷いた。

「御隠居さま……」

勇次が庭に廻って来た。

「おう。勇次か……」

「はい。御無沙汰しました。大女将さん、お変わりございませんか……」

「ええ。勇次も達者そうだね」

「はい……」

「さあ、どうぞ……」

おまきは、お糸と勇次、そして弥平次に茶を差し出した。

「いただきます」

お糸と勇次は、茶を飲み始めた。

「あの、大女将さん……」

おたまが、台所からおまきを呼んだ。

「鮒、おろせたかい……」

おまきは、台所に立った。

「さあ、平次、手を洗っておうちに帰る仕度をしなさい」

お糸は、平次に告げた。

「ええっ、爺ちゃんと魚釣りをするんだよ」

平次は、不服げに頰を膨らませた。

「平次、魚釣りは此の次だ。爺ちゃんが魚を集めておくから、今日はおっ母ちゃんの云う事を聞きな」

弥平次は云い聞かせた。

「うん……」

平次は頷いた。

「賢い。平次は賢いなあ……」

弥平次は、大袈裟（おおげさ）に感心してみせた。

「じゃあ、賢い平次は井戸端で手を洗おう」

お糸は、平次を連れて井戸端に向かった。

弥平次は笑みを浮かべて見送り、勇次に向き直った。

お糸と平次を見送った笑みは消えていた。

「勇次……」

「はい……」

勇次は、弥平次の変化に気付いて緊張した。

「昨日、平次と散歩をしていてな……」

「はい……」

「白鬚（しらひげ）神社の境内で橘左兵衛（たちばなさへえ）を見掛けたぜ」

弥平次は告げた。

白鬚神社は七福神の寿老人を祀り、向島の桜堤にあった。

「橘左兵衛……」

勇次は眉をひそめた。

「ああ……」

「橘左兵衛ってのは、確か悪旗本に子供を拐かされ、無事に返して欲しければ秋山さまを闇討ちしろと命じられた浪人でしたね」

勇次は、橘左兵衛を覚えていた。

「ああ。だが、逆に秋山さまに斬られ、深手を負った奴だ」

その時、久蔵と弥平次たちは、悪旗本を叩きのめし、拐かされていた橘の子供を無事に助け出した。そして、久蔵は叩きのめした悪旗本を切腹に追い込んだ。

その時、久蔵は橘左兵衛をお咎めなしとして放免した。

弥平次は、その橘左兵衛を白鬚神社の境内で見掛けた。

「へえ。橘左兵衛、向島で暮らしていたんですか……」

「うん。どうやら木母寺辺り、隅田村にいるようだが……」

弥平次は眉をひそめた。

隅田村の木母寺は向島の外れ、綾瀬川の近くにある。

「どうかしたんですか……」

「うん。橘左兵衛、その時、縞の半纏を着た博奕打ちのような野郎と一緒にいてな」

「博奕打ち……」

勇次は眉をひそめた。

「ああ。で、何だか不吉な予感がしてな」

「御隠居……」

弥平次が、不吉な予感を覚えるとは只事ではない。

「ま、隠居した年寄りの勝手な思い込み、勘違いかもしれないがな」

「分かりました。笹舟に戻ったら直ぐに幸吉の親分に報せます」

「そうかい……」

「はい。ですから、暫くは此のままで……」

勇次は、弥平次が一人で動くのを心配した。

「心配するな、勇次。そこ迄、耄碌しちゃあいない……」

弥平次は笑った。

「橘左兵衛か……」

柳橋の幸吉は、悪事を働いた旗本が久蔵を狙った七年前の事件を覚えていた。

「はい。御隠居さまは何だか不吉な予感がすると……」

勇次は、船宿『笹舟』に帰り、南町奉行所から戻った親分の幸吉に報せた。

「そうか。御隠居が気にするからには、一緒にいた博奕打ちのような野郎に何かがあるんだろうな」

幸吉は眉をひそめた。

「きっと……」

勇次は頷いた。

「よし。勇次、雲海坊と新八の三人でちょいと探りを入れてみな」

幸吉は命じた。

「承知しました」

「じゃあ、此奴(こいつ)を雲海坊と新八にもな……」

幸吉は、長火鉢の抽斗(ひきだし)から小さな金包みを三個出して勇次に渡した。

雲海坊は托鉢(たくはつ)、新八は風車売りの生業を持っている。それを止めての探索だ。

それなりの手当てを渡してやる。それは、先代の柳橋の弥平次の時からの遣り方だった。そして、手先が金に困り、探り出した他人様(ひとさま)の秘密を強請(ゆすり)の種にするのを恐れての事だった。

幸吉は、先代弥平次の遣り方の殆どを見習っていた。

「確かに。じゃあ、明日から掛かります」

勇次は、三個の小さな金包みを受け取って告げた。

「うむ。呉々も御隠居に心配を掛けないようにな」

「承知しました。怒られないように気を付けます」

勇次は、笑顔で幸吉の居間を出た。

「お前さん、平次と一緒に晩御飯を食べて下さいな」

お糸と平次が、膳を持って来た。

船宿の夕暮れは忙しく、女将のお糸に晩御飯を食べている暇はない。

「おう。さあ、平次、お父っちゃんと晩御飯だ」

「うん。おいら、腹ぺこだ……」

幸吉と平次の父子は、晩御飯を食べ始めた。


南町奉行所は月番ではなく、表門は閉じられていた。

久蔵たち奉行所の者たちは、表門脇の潜り戸から出入りして月番の時に扱った事件などの処理をし、通常通りの見廻りをしていた。

「ほう。橘左兵衛か……」

久蔵は、微かな懐かしさを過ぎらせた。

「はい。弥平次の大親分が見掛けましてね」

幸吉は告げた。

「そうか。柳橋も未だ未だ達者のようだな」

久蔵は笑った。

「はい。それで、ちょいと気になると云いましてね。勇次と雲海坊、新八をやりました」

「そうか。何事もなきゃあいいのだが……」

七年前、浪人の橘左兵衛は、我が子を拐かされ、無事に返して欲しければ久蔵を斬れと命じられた。

神道無念流の遣い手の橘左兵衛は、我が子を取り戻したい一心で久蔵に斬り掛かった。だが、久蔵の敵ではなかった。

久蔵は、我が子を拐かされた橘左兵衛の苦衷を知った。そして、被害者として罪を問わず、放免した。

「気になるのは、一緒に居た縞の半纏を着た博奕打ちのような野郎だな」

「はい……」

幸吉は頷いた。

「果たして何者なのか……」

久蔵は眉をひそめた。

木母寺は天台宗の古刹であり、梅若伝説の発祥の地とされていた。

近くには水神があり、関屋の里の百姓家と綾瀬川があった。

勇次、雲海坊、新八は、木母寺を始めとした一帯に聞き込みを掛け、浪人の橘左兵衛を捜した。だが、橘左兵衛を知っている者とは容易に出逢わなかった。

陽は西に傾いた。

勇次、雲海坊、新八は、弥平次が橘左兵衛を見掛けた白鬚神社境内の茶店で落ち合って一息入れた。

「勇次の兄貴、雲海坊さん、捜している橘左兵衛って浪人、いつも浪人の格好をしてんですかね」

新八は首を捻った。

「どう云う事だ、新八……」

勇次は眉をひそめた。

「いえ。向島のこの辺りで暮らしているなら、普段は野良仕事の格好でもしているかなと思いましてね」

「野良仕事の格好……」

勇次は戸惑った。

「ええ。もし、そうだったら、顔を知らないあっしはお手上げですぜ」

勇次と雲海坊は、橘左兵衛を見た事があるが、新八は見た事がなかった。

「そうだな……」

「勇次……」

雲海坊が一方を示した。

勇次と新八は、雲海坊の視線の先を追った。

縞の半纏を着た遊び人がいた。

「縞の半纏だぜ……」

「橘左兵衛と一緒にいたって奴かもしれませんね」

勇次は読んだ。

「ああ……」

雲海坊は饅頭笠を被り、それとなく尾行の仕度を始めた。

縞の半纏を着た男は形ばかりの参拝をし、誰かを捜すかのように境内を見廻していた。

「誰かを捜しているな」

勇次は読んだ。

「ええ……」

新八は、喉を鳴らして縞の半纏を着た男を見守った。

「来た……」

勇次が囁いた。

塗笠(ぬりがさ)を被った着流しの浪人が、左脚を僅かに引き摺って境内に入って来た。

勇次、雲海坊、新八は見守った。

着流しの浪人は、塗笠を僅かにあげて境内を見た。

勇次と雲海坊は、浪人の顔を見ようとした。だが、顔は塗笠に隠れて無理だった。

縞の半纏を着た男は、着流しの浪人に気が付いて駆け寄った。

着流しの浪人と縞の半纏を着た男は、何事か言葉を交わして白鬚神社の境内を出た。

「御隠居が気にした奴らだ」

勇次は睨んだ。

「うん。先ずは俺が行くよ」

雲海坊は、塗笠を被った着流しの浪人と縞の半纏を着た男を追った。

勇次と新八は、雲海坊の後に続いた。


向島の堤の桜並木は若葉が繁り、西日に輝いていた。

塗笠に着流しの浪人と縞の半纏の男は、隅田川に架かる吾妻橋に向かった。

雲海坊は尾行し、勇次と新八が続いた。

塗笠に着流しの浪人は、左脚を僅かに引き摺っていた。

やはり、橘左兵衛かもしれない……。

雲海坊は、七年前に橘左兵衛が久蔵の命を狙って勝負を挑み、左脚の太股を斬られて敗れたのを思い出した。

その時の古疵で左脚を僅かに引き摺っているのだ……。

雲海坊は、塗笠に着流しの浪人を橘左兵衛だと睨んだ。

塗笠に着流しの浪人と縞の半纏を着た男は、吾妻橋を渡り始めた。

勇次と新八は、雲海坊に追い付いた。

「交代しますぜ」

勇次は、雲海坊に囁いた。

「うん。浪人、左脚を僅かに引き摺っている」

「えっ……」

勇次は、橘左兵衛が久蔵に左脚を斬られたのを覚えていた。

「分かりました。じゃあ……」

勇次と新八は雲海坊と交代し、塗笠に着流しの浪人と縞の半纏を着た男を追った。

隅田川は西日に煌めき、夕暮れ時が近付いた。

二

浅草広小路には、日暮れ前の賑わいが訪れていた。

塗笠に着流しの浪人と縞の半纏の男は、吾妻橋を渡って浅草広小路に出た。そして、花川戸町の通りに進んだ。

勇次と新八は追った。

塗笠に着流しの浪人は、確かに左脚を僅かに引き摺っている。

秋山さまに斬られた古疵の所為か……。

勇次は、雲海坊同様に読んだ。

花川戸町、山之宿町（やまのしゆくまち）、金龍山下瓦町（きんりゆうざんしたかわらまち）、今戸町……。

塗笠に着流しの浪人と縞の半纏の男は、今戸町に入り、寺の連なる通りに進んだ。

勇次と新八は追った。

連なる寺は夕陽に照らされた。

塗笠に着流しの浪人と縞の半纏の男は、通りの外れにある蕎麦屋に入った。

勇次と新八は見届けた。

「蕎麦屋に入ったか……」

雲海坊が追い付いた。

「ええ……」

勇次は、二人が今戸町の寺町に何しに来たのか気になった。

縞の半纏を着た男が、蕎麦屋から出て来て足早に連なる寺の奥に進んだ。

「新八、此処を頼む……」

勇次は、新八を蕎麦屋の表に残して縞の半纏の男を追った。

雲海坊が続いた。


縞の半纏の男は、古い寺の裏門に廻った。

裏門には三下がいた。

縞の半纏を着た男は、三下に声を掛けて古い寺の裏門を潜って行った。

勇次と雲海坊は見届けた。

「賭場(とば)ですね」

「ああ、間違いないだろう」

寺には賭場がある……。

勇次と雲海坊は睨んだ。

寺には、賭場の客と思われる大店の旦那や遊び人風の男たちがやって来ていた。

「よし。縞の半纏の野郎が誰か聞いてみる」

雲海坊は、古い寺の裏門にいる三下に近付いて行った。

「ちょいと尋ねるが、さっき入って行った縞の半纏の人は、小間物屋の万助だね」

雲海坊は、三下に尋ねた。

「いいえ。あの縞の半纏を着た人は、口利き屋の喜多八さんですよ」

「えっ。万助じゃあなくて喜多八さん……」

「ええ。喜多八さんですよ」

「そうか、縞の半纏だからてっきり万助だと思ったが、人違いだったか。邪魔をしたな」

雲海坊は礼を述べ、経を読みながら勇次の許に戻った。

「どうでした……」

「うん。口利き屋の喜多八って野郎だ」

雲海坊は告げた。

「口利き屋の喜多八……」

勇次は、縞の半纏を着た男の名が喜多八だと知った。

「ああ。何の口利きをするのか、口利き屋なんて得体の知れない商売だな」

「ええ……」

縞の半纏を着た喜多八が、古い寺の裏門から出て来て蕎麦屋に戻り始めた。

「よし。俺は賭場の評判と貸元が誰か探ってみるぜ」

雲海坊は、賭場から博奕を終えて出てくる客を待ち、聞き込みを掛けるつもりだ。

「承知。じゃあ……」

勇次は、雲海坊を残して喜多八を追った。

夕陽は沈み、大禍時が訪れた。

喜多八は蕎麦屋に戻った。

勇次は、見張っていた新八に縞の半纏を着た男が喜多八であり、古い寺にある賭場に立ち寄った事を教えた。

「喜多八ですか……」

新八は、蕎麦屋を見詰めた。

蕎麦屋は明かりが灯され、僅かに開けられた窓の内に喜多八の顔が見えた。

口利き屋の喜多八と橘左兵衛と思われる塗笠に着流しの浪人は、何をしようとしているのか……。

勇次は、二人が動くのを待った。

暗い通りに提灯の明かりが浮かび、二人の男がやって来た。

提灯を持った男と、旦那風の肥った初老の男だった。

蕎麦屋の窓辺にいた喜多八が動いた。

喜多八たちは、旦那風の肥った初老の男たちを待っていたのだ。

勇次と新八は見守った。

蕎麦屋から出て来た喜多八と塗笠に着流しの浪人は、旦那風の肥った初老の男と提灯を手にした男に近付いた。
「こりゃあ、花川戸の五郎蔵（ごろぞう）のお貸元じゃありませんか……」
喜多八は、笑顔で呼び掛けた。
「おう。お前は……」
五郎蔵と呼ばれた旦那風の肥った初老の男は、怪訝な面持ちで足を止めた。
刹那、塗笠に着流しの浪人が踏み込み、刀を抜き打ちに煌めかせた。
血が飛んだ。
勇次と新八は眼を瞠（みは）った。
五郎蔵と提灯を持っていた男が、ゆっくりと崩れ落ちた。
一瞬の出来事だった。
塗笠に着流しの浪人は、鮮やかな抜き打ちを使う手練（てだ）れだった。
地面に落ちた提灯が燃え上がった。
塗笠に着流しの浪人は、刀に拭いを掛けて鞘に納め、喜多八と共に足早に離れた。
勇次と新八は、倒れている五郎蔵たちに駆け寄った。
五郎蔵と提灯を持っていた男は、首の血脈を断ち斬られて絶命していた。

「新八、追うぜ……」

勇次は、塗笠に着流しの浪人と喜多八を追った。

新八は続いた。

提灯は燃え続けた。


浅草広小路と吾妻橋は、夜になっても未だ多くの人が行き交っていた。

塗笠に着流しの浪人と口利き屋の喜多八は、花川戸町の通りから浅草広小路に出て左右に別れた。

「新八、喜多八を追え。俺は浪人を尾行る……」

勇次は決めた。

「合点です」

新八は、浅草広小路から下谷の方に行く喜多八を追った。

勇次は、吾妻橋を渡る塗笠に着流しの浪人を尾行した。

喜多八は、新寺町から広徳寺前を抜けて山下に進んだ。

新八は追った。

喜多八は、山下から下谷広小路を抜けて不忍池(しのばずのいけ)に出た。そして、池之端(いけのはた)仲町の裏通りにある長屋の木戸を潜り、奥の暗い家に入った。

新八は見届け、溜息をついて緊張を解いた。

喜多八が入った奥の家には、明かりが灯された。


向島の夜空には、無数の星が煌めいていた。

塗笠に着流しの浪人は、左脚を僅かに引き摺って向島の土手道を進んだ。

相手は剣の手練れ……。

勇次は、充分に距離を取って慎重に追った。

塗笠に着流しの浪人は、白鬚神社の前で立ち止った。

勇次は、咄嗟に土手の草むらに身を伏せて息を詰めた。

塗笠に着流しの浪人は、振り返って背後の暗がりを透かし見た。

背後から来る者はなく、気配もない……。

塗笠に着流しの浪人は見定め、再び左脚を僅かに引き摺って歩き始めた。

勇次は、草むらから立ち上がった。

塗笠に着流しの浪人の姿は、土手道の先の暗がりに消え掛かっていた。

無理だ……。

勇次は、塗笠に着流しの浪人が背後の暗がりを透かし見た時の冷たい視線を思い出し、背筋に冷汗を浮かべた。

塗笠に着流しの浪人は、暗がりに消えた。

おそらく、もう見つけられない……。

勇次は、尾行に失敗した。

満天の星は煌めいていた。


翌日、船宿『笹舟』の幸吉の居間には、勇次、雲海坊、新八が集まった。

勇次は、博奕打ちの貸元の花川戸の五郎蔵が手下と一緒に斬り殺された経緯(いきさつ)を報せた。

「で、斬ったのは塗笠を被った着流しの浪人か……」

幸吉は眉をひそめた。

「はい。その浪人が、御隠居の見掛けた橘左兵衛だと思われます」

勇次は告げた。

「顔は分からないのか……」

「ええ。ずっと塗笠を被っていましてね。ですが、秋山さまに斬られた古疵の所為か、左脚を僅かに引き摺っています。おそらく間違いないでしょう。見失って仕舞い申し訳ありません」

「なあに無理をして怪我でもしたら一大事だ。で、新八は喜多八の家を突き止めたのだな」

「はい。池之端仲町の裏通りにある長屋です」

新八は、身を乗り出した。

「そうか……」

「それにしても親分、橘左兵衛と喜多八はどうして花川戸の五郎蔵を殺したんですかね」

勇次は首を捻った。

「恨みかな……」

雲海坊は茶を飲んだ。

「雲海坊……」

幸吉は眉をひそめた。

「花川戸の五郎蔵、かなり評判の悪い博奕打ちの貸元でしてね。狙った客を如何様博奕で借金漬けにして身代を巻き上げたり、若い女房や娘がいたら無理矢理に身売りさせたり、悪辣な真似をして、泣かされた者はかなりいるって話ですぜ」

雲海坊は、腹立たしげに告げた。

「殺してやりたいと恨んでいる者は大勢いるか……」

幸吉は読んだ。

「ええ。数え切れないでしょうね……」

雲海坊は頷いた。

「じゃあ、塗笠を被った着流しの浪人と喜多八も、五郎蔵を殺したい程、恨んでいたんですかね」

新八は眉をひそめた。

「かもしれないな……」

幸吉は頷いた。

「親分、喜多八は口利き屋だそうです。ひょっとしたら、五郎蔵を殺したい者に頼まれて殺ったのかも……」

勇次は睨んだ。

「口利き屋……」

「ええ……」

「勇次の睨み通りかもな……」

雲海坊は頷いた。

「じゃあ、喜多八が五郎蔵を殺したいと願う者に頼まれ、塗笠を被った着流しの浪人に口を利いて殺ったって事か……」

幸吉は睨んだ。

「となると、橘左兵衛と思われる塗笠を被った着流しの浪人は人斬り……」

勇次は眉をひそめた。

「ああ。とにかく勇次、橘左兵衛らしい浪人の居場所だ」

「はい。必ず突き止めます」

勇次は頷いた。

「よし。清吉を連れていきな」

「はい……」

「雲海坊、五郎蔵を殺したい程、恨んでいて口利き屋の喜多八に頼むような奴だ」

「承知……」

「新八、由松に此の事を報せ、一緒に喜多八を見張ってくれ……」

「えっ、お縄にしないんですか……」

新八は戸惑った。

「ああ。ひょっとしたら他にも人斬りの仲間、始末屋がいるかもしれないからな」

幸吉は、喜多八を見張って始末屋が潜んでいるかどうか見極めようとした。

「分かりました」

新八は頷いた。

「よし。じゃあ、怪我のないように気を付けてやってくれ」

幸吉は告げた。

「承知……」

勇次、雲海坊、新八は立ち上がった。

神田川には様々な船が行き交っていた。

勇次は、船宿『笹舟』を出て神田川に架かっている柳橋を渡り、袂にある蕎麦屋『藪十（やぶじゅう）』を訪れた。

「邪魔しますぜ」

蕎麦屋『藪十』の店内には、出汁の匂いが漂っていた。

「店は未だだよ」

老亭主の長八が、板場から出て来た。

「長八さん……」

勇次は会釈した。

「何だ、勇次か……」

「はい。清吉、いますか……」

「ああ。御勤めかい。清吉……」

長八は、板場に声を掛けた。

「はい……」

清吉が返事をし、板場から出て来た。

「あっ。勇次の兄貴……」

「おう。出掛けるぜ」

「はい。じゃあ親方……」

清吉は、蕎麦粉に汚れた前掛を外しながら長八に挨拶をした。

「ああ……」

長八は頷いた。

清吉は、百姓上がりの若い手先であり、親分の幸吉が手に職を付けさせる為、長八の許で蕎麦職人の修業をさせていた。

「二人とも怪我をしねえよう、気を付けてな」

既に手先を引退した長八は、若い勇次と清吉を心配しながら送り出した。


不忍池には水鳥が遊んでいた。

池之端仲町の裏通りにある長屋は、おかみさんたちの洗濯も終わり、静けさが訪れていた。

新八と由松は、裏長屋の奥の家に住んでいる縞の半纏を着た喜多八の見張りについた。

「殺したい程の恨みを持つ者と始末屋の間を取り持つ口利き屋か……」

由松は眉をひそめた。

「はい。親分は喜多八を見張り、本当に始末屋が潜んでいるのかどうか突き止めろと……」

「分かった。新八、始末屋は情け容赦のねえ殺しの玄人だ。呉々も気を付けるんだぜ」

由松は、喜多八の家を見詰めたまま告げた。

「はい……」

新八は、緊張した面持ちで頷いた。

四半刻が過ぎた。

奥の家の腰高障子が開いた。

由松と新八は、木戸の陰に身を潜めた。

縞の半纏を着た喜多八が現れ、腰高障子を閉めて裏長屋から出て行った。

「行くぜ、新八……」

「はい……」

由松と新八は、喜多八を追った。

喜多八は、裏通りから湯島天神裏門坂道に向かった。

由松と新八は尾行した。

喜多八の足取りは、五郎蔵殺しが終わった安堵の所為か軽く弾んでいた。

「喜多八の野郎、機嫌がいいな」

由松は、喜多八の足取りを読んだ。

「そうなんですか……」

新八は戸惑った。

「ああ……」

由松と新八は、弾んだ足取りで行く喜多八を追った。


隅田川は滔々と流れていた。

向島の白鬚神社には、参拝客や散歩の者たちが訪れていた。

勇次と清吉は、白鬚神社の前に佇んだ。

「勇次の兄貴、此処で見失ったんですか……」

清吉は、白鬚神社の前の土手道を見廻した。

土手道には僅かな人が行き交っていた。

「ま、見失ったと云うより、脅しを掛けられて尻尾を巻いたって処だ」

勇次は、見栄を張らず正直に告げた。

「脅しですか……」

清吉は眉をひそめた。

「昨夜、あのまま追っていたら、花川戸の五郎蔵と同じ目に遭っていたかもな……」

勇次は苦笑した。

「恐ろしい奴ですね」

清吉は、微かに身震いした。

「ああ。だから、もし見付けても先走った真似をするなよ」

「はい……」

清吉は、喉を鳴らして頷いた。

「よし。じゃあ木母寺に行くぜ」

勇次は、やはり御隠居の弥平次が云っていた〝木母寺辺り〟〝隅田村〟を詳しく調べる事にした。

「はい……」

勇次と清吉は、向島の外れにある木母寺に向かった。

湯島天神の境内は参拝客で賑わっていた。

喜多八は、境内の茶店の縁台に腰掛けて茶を頼んだ。

由松と新八は、境内の石灯籠(いしどうろう)の陰から喜多八を見張った。

喜多八は、茶店女の運んで来た茶を飲んだ。

十徳を着た茶之湯の宗匠(そうしょう)のような小柄な年寄りが現れ、喜多八の隣に座って茶店女に茶を注文した。

喜多八は茶を飲んだ。

「喜多八の野郎、湯呑茶碗で口を隠しながら何かを云ったぜ」

由松は見抜き、苦笑した。

「えっ……」

新八は戸惑った。

「隣の年寄り、おそらく知り合いだ」

由松は睨んだ。

口利き屋の喜多八と拘わりがあるなら、始末屋一味の者なのかもしれない。

茶店女が、小柄な年寄りに茶を持って来た。

小柄な年寄りは茶を飲み始めた。

喜多八は、茶代を払って茶店を出た。

「よし、喜多八を追ってくれ。俺は年寄りが何処の誰か突き止める」

「承知、じゃあ……」

新八は、喜多八を追った。

由松は、茶を飲む小柄な年寄りを見張った。

三

南町奉行所の久蔵の用部屋には、定町廻り同心の神崎和馬と幸吉が訪れていた。

「なに、橘左兵衛らしい浪人が、花川戸の五郎蔵を斬ったのか……」

久蔵は、博奕打ちの貸元の花川戸の五郎蔵が斬り殺された報告を受けていた。

「はい。その浪人、口利き屋の喜多八ってのと連んでいましてね。ひょっとしたら始末屋かも……」

幸吉は告げた。

「始末屋……」

久蔵は眉をひそめた。

「はい」

　幸吉は、厳しい面持ちで頷いた。

「花川戸の五郎蔵、陰で外道と呼ばれている質の悪い奴でしてね。殺されたと聞いて泣いている者は一人もいないとか。誰かが始末屋に頼んだってのは、有り得ますね」

　和馬は、五郎蔵の評判を聞いていた。

「うむ……」

「もし、そうだとしたら、良くやったと頰被りでもしますか……」

　和馬は、楽しげに笑った。

「和馬、如何に磔獄門になるべき外道の五郎蔵でも、殺せば立派な人殺しだ。放っては置けねえさ」

　久蔵は苦笑した。

「はい。柳橋の、橘左兵衛らしい浪人は、向島の木母寺辺りだな」

「ええ。勇次と清吉が捜しています」

「じゃあ秋山さま、私もちょいと向島に……」

　和馬は告げた。

「うむ。柳橋の、本当に始末屋が潜んでいるかどうか、急ぎ突き止めてくれ」

久蔵は、厳しい面持ちで命じた。

十徳姿の小柄な年寄りは、湯島天神門前町を抜けて妻恋坂を下った。

由松は、慎重に尾行た。

小柄な年寄りは、妻恋坂から明神下の通りに出て神田川に向かった。

小柄な年寄りは何者で、何処に行くのだ……。

由松は、歳の割にはしっかりした足取りの小柄な年寄りを見据えて追った。

神田川に架かっている昌平橋を渡って八ツ小路……。

小柄な年寄りは、八ツ小路から神田連雀町に進み、裏路地にある小さな古い家に入った。

由松は見届けた。

本郷御弓町の武家屋敷街には、物売の声が長閑に響いていた。

口利き屋の喜多八は、湯島天神からやって来て連なる武家屋敷の一軒を見張っていた。

何様の屋敷だ……。

新八は、喜多八が見張る武家屋敷が気になり、やって来た酒屋の手代を呼び止めた。

「ちょいと尋ねますが、あの御屋敷は何方さまの御屋敷ですか……」

「ああ。あの御屋敷は、旗本の笹岡将監さまの御屋敷ですよ」

「旗本の笹岡将監さま……」

「ええ。じゃあ……」

手代は、微かな怯えを過ぎらせてそそくさと立ち去った。

旗本の笹岡将監は、余り評判が良くないのかもしれない。

新八は読んだ。

口利き屋の喜多八は、そんな旗本の笹岡将監の屋敷を見張っている。

何をする気だ……。

新八は見守った。

笹岡屋敷の潜り戸が開いた。

喜多八は、素早く物陰に隠れた。

若い武士が、笹岡屋敷の潜り戸から出て来た。

誰だ……。

喜多八はどうする……。

新八は見守った。

若い武士は、笹岡屋敷を出て本郷の通りに向かった。

喜多八は物陰から現れ、若い武士を尾行し始めた。

新八は追った。


橘左兵衛と云う左脚を僅かに引き摺っている初老の浪人……。

勇次と清吉は、木母寺から隅田村に点在する百姓家に聞き込みを掛けた。だが、百姓家の者たちは誰一人として、橘左兵衛も左脚を僅かに引き摺る初老の浪人も知らなかった。

「よし。清吉、一息入れて腹拵えだ」

「はい……」

勇次と清吉は、木母寺の近くにある小さな川魚料理屋に向かった。

「おう。勇次、清吉……」

和馬が、浪人姿でやって来た。

「こりゃあ、神崎の旦那……」

「昼飯か……」

「はい。ちょいと一息入れようかと……」

「よし。俺も付き合うぜ」

和馬、勇次、清吉は、川魚料理屋の暖簾を潜った。

和馬は、店の主に酒と鯉や鮒の川魚料理を注文し、勇次と清吉から浪人橘左兵衛捜しの情況を聞いた。

「そうか、橘左兵衛らしい浪人はいないか……」

和馬は、眉をひそめて酒を飲んだ。

「はい。普段は野良仕事をしているかもしれないと思い、百姓も調べたんですがね」

勇次は、手酌で酒を飲んだ。

「うむ。で、飯を食べてからどうする」

「はい。堀切に行ってみようと思っています」

堀切は隅田村の東にあり、花菖蒲（はなしょうぶ）が名高い村だった。

「よし。俺も付き合うぜ」

和馬と勇次は酒を飲み、清吉は鮒飯を食べた。

「お邪魔しますよ」

手拭の頬被りに菅笠（すげがさ）の川魚漁師が、大きな魚籠（びく）を抱えて入って来た。

勇次は、川魚漁師を見て猪口（ちょこ）を持つ手を口元で止めた。

「やあ、どうだい。今日は……」

店主が川魚漁師を迎え、板場に誘った。

「良い鯉と鮒が獲れましたよ」

川魚漁師は、大きな魚籠を抱えて板場に入って行った。

勇次は見送った。

「どうした……」

和馬は眉をひそめた。

「は、はい……」

勇次は、口元で止めていた猪口の酒を飲み干した。

「今の川魚漁師、橘左兵衛じゃあ……」

勇次は囁いた。

「なに……」

和馬と清吉は、板場を窺った。

板場では、店主と川魚漁師が魚籠の中の鯉や鮒を手に取って吟味をしていた。

頰被りに菅笠の川魚漁師の顔は、はっきりとは見えなかった。

「間違いないか……」

「きっと……」

勇次は、厳しい面持ちで頷いた。

「よし。勇次と清吉は、先に出ろ」

和馬は命じた。

「承知……」

勇次と清吉は、和馬を残して川魚料理屋を出た。

和馬は酒を飲み、川魚漁師が帰るのを待った。


小さな川魚料理屋は、暖簾を微風(そよかぜ)に揺らしていた。

勇次と清吉は見張った。

「清吉、橘左兵衛は手練れだ。先走った真似はするなよ」

勇次は注意した。

「はい……」
清吉は、喉を鳴らして頷いた。
僅かな刻が過ぎた。
川魚漁師が、大きな魚籠を担いで川魚料理屋から出て来た。
「じゃあ旦那、ありがとうございました」
川魚漁師は、川魚料理屋の店主に礼を云って店の戸を閉めた。
勇次は、川魚漁師の顔を見た。
橘左兵衛……。
勇次は、川魚漁師が捜していた浪人の橘左兵衛だと見定めた。
橘左兵衛は、左脚を僅かに引き摺りながら隅田川に続く小道を進んだ。
勇次と清吉は、草むら伝いに追った。

橘左兵衛は、隅田川の畔(ほとり)の棒杭に繋いだ小舟に乗り込んだ。
舟……。
勇次は狼狽えた。
川魚漁師が、獲った魚を舟で運ぶのは当たり前だ。

橘左兵衛は小舟に乗り、隅田川の流れに乗り出した。

「勇次の兄貴……」

清吉は焦った。

「くそ。清吉、岸辺伝いに追うぞ」

勇次と清吉は、岸辺伝いに橘左兵衛の小舟を追い掛けようとした。

「勇次、清吉……」

和馬がやって来た。

「神崎の旦那、橘左兵衛です」

勇次は報せた。

「やはり、そうか。家は堀切村だそうだ」

和馬は告げた。

「堀切……」

堀切村は隅田村の東、隅田川に繋がる綾瀬川沿いにある。

「ああ。川魚料理屋の主の話じゃあ、あの川魚漁師は堀切村の橋の袂に住んでいる左吉（さきち）だそうだ」

和馬は告げた。

「左吉……」

「ああ、左兵衛から取った偽名だな」

「はい。で、堀切村の橋の袂ですか……」

「うむ。隅田川を下り、長命寺の先の小川に入り、迂回して堀切に戻るのだろう」

和馬は読んだ。

「ええ。じゃあ堀切に……」

「うむ……」

和馬は頷き、堀切村に急いだ。

勇次と清吉は続いた。


子供たちは、歓声をあげて裏路地を駆け抜けて行った。

十徳を着た小柄な年寄りは、神田連雀町の小さな古い家に入ったままだった。

由松は、小さな古い家に住んでいる者について聞き込みを掛けた。

小さな古い家には、半年前から老夫婦が暮らしていた。

老夫婦は一年前迄、京橋で扇屋を営んでいた。だが、一人息子の若旦那が博奕で多額の借金を作り、扇屋の身代を失って首を括って死んだ。

老夫婦は一人息子と身代を失い、残された店を畳んで連雀町の裏路地の小さな古い家に引っ越した。

首を括った若旦那は、花川戸の五郎蔵の賭場で借金を作ったのかもしれない……。

由松は読んだ。

だとしたら、老夫婦が五郎蔵を恨んで始末屋に殺してくれと頼んだ依頼人なのか……。

由松は、読みを進めた。

十徳を着た小柄な年寄りが、小さな古い家から出て来た。

由松は見守った。

小柄な年寄りは、神田八ッ小路に向かった。

由松は追った。

湯島天神門前町の盛り場に連なる飲み屋は、開店の仕度に忙しかった。

口利き屋の喜多八は、本郷御弓町の旗本笹岡将監の屋敷から出て来た若い武士を追って来た。そして、若い武士が開店前の小さな飲み屋に入ったのを見届け、再び見張りに付いた。

若い武士を見張ってどうする気なのだ……。

新八は、物陰から見守った。

髭面の浪人がやって来た。

喜多八は、小さな飲み屋の斜向かいの路地に隠れた。

やって来た髭面の浪人は、開店前の小さな飲み屋に入って行った。

喜多八は、嘲笑を浮かべて見送った。

髭面の浪人は若い武士の仲間……。

新八は、開店前の小さな飲み屋に入った事と喜多八の様子からそう睨んだ。

喜多八は、若い武士や髭面の浪人を見張っている。

どうしてだ……。

新八は、喜多八を見守った。


隅田川に続く綾瀬川は夕陽に映えた。

和馬、勇次、清吉は、綾瀬川に架かっている橋の袂から川辺の家を眺めた。

川辺の家の前には投網が干され、大きな魚籠や鰻取りの仕掛けなどがあった。

「あの家ですかね……」

勇次は、川辺の小さな家を示した。

「きっとな……」

和馬は頷いた。

川辺の小さな家は暗く、人の気配は感じられなかった。

「神崎の旦那、兄貴……」

清吉が夕陽に映える綾瀬川の奥を示した。

小舟がやって来た。

頰被りに菅笠を被った川魚漁師が竹竿を操っていた。

橘左兵衛だ……。

和馬、勇次、清吉は見定めた。

橘左兵衛は、隅田川を下って長命寺の角の小川に入り、大きく迂回をして家に帰って来たのだ。

和馬、勇次、清吉は見守った。

左兵衛は、家の前の小さな船着場に小舟を寄せた。そして、小舟を舫い、野菜を入れた籠を持って降りて暗い小さな家に入った。

暗い家に明かりが灯された。

「一人暮らしのようですね」

勇次は眉をひそめた。

「うん……」

和馬は頷いた。

七年前、左兵衛が久蔵の命を狙った時には、拐かされた娘と女房がいた筈だ。

その娘と女房はどうしたのだ……。

勇次と和馬は戸惑った。

「それで、どうしますか……」

清吉は、出方を尋ねた。

「うむ。ま、漸く橘左兵衛を見付けたが、花川戸の五郎蔵を斬り殺した笠を被った浪人だと決めつける確かな証は未だない。暫く様子を見るしかあるまい」

和馬は決めた。

「はい。その間に娘と女房がどうしたのかも探ってみますか……」

勇次は、娘と女房がいないのが気になった。

「そうだな……」

和馬は頷いた。

夕陽は沈んだ。


不忍池は薄暮に覆われ、畔の家々に明かりが灯された。

十徳を着た小柄な年寄りは、不忍池の畔にある料理屋を訪れた。

由松は見届けた。

誰かと逢う……。

由松はそう読み、小柄な年寄りの逢う相手が気になった。

料理屋の入口では、下足番の老爺が片付けなどをしていた。

「よし……」

由松は、下足番の老爺に駆け寄った。

「やあ。父っつぁん、今入った十徳姿のお客、何処の誰かな……」

由松は、老爺に素早く小粒を握らせた。

「えっ……」

老爺は戸惑った。

「今入った十徳姿のお客だよ」

由松は、親しげに笑った。

「ああ。あのお客さんは妻恋町に住んでいる茶之湯の師匠の宗春(そうしゅん)さんだよ」

老爺は、渡された小粒を握り締めた。

「妻恋町の宗春さんか。で、逢っている相手は何処の誰だい」

由松は、畳み掛けた。

「新黒門町の瀬戸物屋の旦那さまだよ」

「瀬戸物屋の旦那……」

「ああ。和泉屋(いずみや)の徳兵衛(とくべえ)旦那だけど、お前さんは……」

老爺は、由松に怪訝な眼を向けた。

「お上の御用でね。此奴は他言無用だぜ」

由松は囁いた。

「お上の御用……」

老爺は眉をひそめた。

「ああ。宜しくな……」

「わ、分かった……」

老爺は、小粒を固く握り締めて頷いた。

長居は禁物……。

由松は、聞きたい事を聞いてさっさと下足番の老爺から離れた。

十徳姿の小柄な年寄りは、妻恋町に住んでいる茶之湯の師匠の宗春だった。そして、宗春が瀬戸物屋の主の徳兵衛と逢っていた。

只の会食なのか、それとも何か用があって逢ったのか……。

由松は、思いを巡らせた。


湯島天神門前町の盛り場は賑わっていた。

喜多八が見張っている小さな飲み屋は、店先の掃除もせずに暖簾を出していた。

胡散臭い飲み屋だ……。

新八は睨んだ。

遊び人が、大店の若旦那を連れて小さな飲み屋に入った。

喜多八は小さな飲み屋に近寄り、店の中の様子を窺った。

女の嬌声と男の笑い声が、店の中から賑やかに洩れて来た。

新八は見守った。

僅かな刻が過ぎた。

小さな飲み屋の戸が開き、下帯だけの大店の若旦那が髭面の浪人に放り出された。

下帯だけの若旦那は、悲鳴をあげて地面に転がった。

「若旦那、女と遊びたかったらもっと金を持って来るんだな」

無精髭の浪人は、若旦那に嘲笑を浴びせて戸を閉めた。

若旦那はしょんぼりと立ち上がり、下帯一本の身体を縮めて帰って行った。

ぼられて金や着物を毟り取られた……。

新八は、事態を読んだ。

喜多八は、路地の入口から小さな飲み屋を怒りを滲ませて見据えた。

男たちの笑い声が、小さな飲み屋から賑やかに響いた。

喜多八は、旗本笹岡屋敷から出て来た若い武士と髭面の浪人たちの悪行を見定めようとしているのか……。

新八は、口利き屋の喜多八を見守った。

湯島天神門前町の盛り場の賑わいは、夜が更けると共に盛んになった。

四

久蔵の用部屋には、朝の陽差しが溢れていた。

「そうか。橘左兵衛、堀切村で川魚漁師をしていたか……」

久蔵は、橘左兵衛の精悍な面魂(つらだましい)を思い浮かべた。

「はい。で、始末屋に頼まれて外道を斬り棄てているものかと……」

和馬は告げた。

「して、女房と娘は……」

「そいつが一緒に暮らしちゃあいませんでしてね。今、勇次が調べています」

「そうか。柳橋の、始末屋の方はどうだ」

久蔵は、戸口に控えていた幸吉に訊いた。

「はい。由松と新八の探った処によりますと、口利き屋の喜多八には、妻恋町に住んでいる茶之湯の宗匠の宗春って仲間がいるそうです」

「茶之湯の宗匠の宗春……」

久蔵は眉をひそめた。

「はい。宗春、一人息子が賭場に借金を作って首を括り、身代を取られて店を畳んだ扇屋の主夫婦に逢ったり、上野新黒門町の瀬戸物屋の旦那に逢ったりしています」

「扇屋の首を括った若旦那が借金を作った賭場、殺された花川戸の五郎蔵の賭場だな」

久蔵は睨んだ。

「きっと。今、雲海坊が調べています」

「うむ。で、瀬戸物屋の旦那か……」

「はい。それで新八が口利き屋の喜多八を見張っているのですが、喜多八、本郷御弓町の旗本笹岡将監さまの倅らしき若い侍を見張っていましてね」

「旗本の笹岡将監の倅らしい若い侍……」

久蔵は眉をひそめた。

「はい。仲間と連んだかなり質の悪い外道のようだと……」

「よし。柳橋の、その若い侍の素性と瀬戸物屋の内情を急ぎ調べてみな」

「承知しました」

幸吉は頷いた。

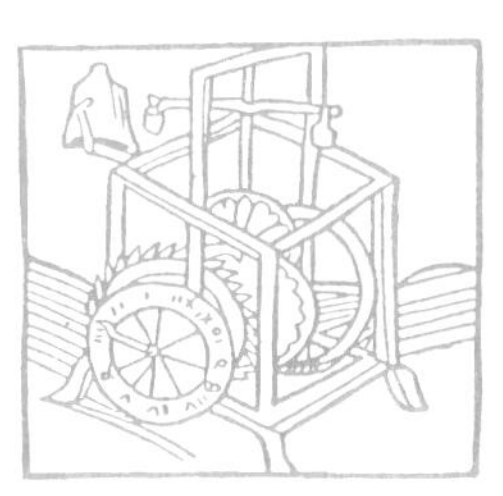

文春文庫

Bunshun Bunko

文藝春秋

「和馬、橘左兵衛は、始末屋に頼まれ、再び人を斬るかもしれない。眼を離すな」

久蔵は命じた。

柳橋の船宿『笹舟』は、微風に暖簾を揺らしていた。

「今帰ったぜ……」

幸吉は、『笹舟』の店土間に入った。

「おう、幸吉っつぁん……」

雲海坊が、大囲炉裏の傍で待っていた。

「どうだった、雲海坊……」

「うん。五郎蔵の処の三下をちょいと締めたんだが、いたよ、如何様博奕で借金を作らされた扇屋の若旦那……」

「やっぱり、五郎蔵の如何様で首括りに追い込まれたか……」

「ああ。花川戸の五郎蔵、始末屋に殺されても仕方のねえ奴だ」

「そうか……」

「うん……」

「よし。雲海坊、上野新黒門町にある和泉屋って瀬戸物屋の旦那が、始末屋に何か頼んだかもしれない」

「上野新黒門町の瀬戸物屋の和泉屋……」

「ああ。急いで探ってくれ。俺は始末屋が次に狙っているらしい奴を探るぜ」

「承知……」

雲海坊は頷いた。


本郷御弓町の旗本笹岡将監の屋敷は、表門を閉めたままだった。

新八は、斜向かいの武家屋敷の門前の掃除をしていた中年の小者に聞き込みを掛けた。

「笹岡さまの処の若さま……」

小者は眉をひそめた。

「ええ。髭面の浪人なんかと連むような人はいるのかな」

新八は訊いた。

「ああ、それならきっと弟の方だな」

「弟……」

「うん。笹岡さまの処には若さまが二人いてな。弟の真次郎ってのが、餓鬼の頃から悪さばかりして、今じゃあ立派な悪党だよ」

中年の小者は声を潜めた。

「へえ。弟の真次郎ってのは、そんな悪党なんですか……」

「ああ。噂なんだが、大店の娘を手込めにして、世間に言い触らされたくなければ金を出せと脅し、金蔓にするそうだぜ」

中年の小者は吐き棄てた。

「へえ、そんな奴ですかい……」

新八は呆れた。

「ま、噂だけどな……」

「笹岡真次郎ですか……」

新八は、旗本笹岡家の次男真次郎に就いて聞き込みを掛け続けた。

「新八……」

幸吉がやって来た。

「親分……」

「若い侍の素性、分かったか……」

幸吉は尋ねた。

湯島天神の境内は賑わっていた。
茶之湯の宗匠の宗春は、妻恋町の家を出て湯島天神にやって来た。
由松は、宗春を尾行て来た。
湯島天神境内の茶店には、口利き屋の喜多八が来ていた。
宗春は、茶店にいる喜多八の隣に腰掛けて茶を頼んだ。
由松は、境内の石灯籠の陰から見守った。
宗春と喜多八は、並んで茶を飲み始めた。
次の始末の手筈を相談している……。
由松は睨んだ。

投網は、綾瀬川の緩やかな流れに弧を描いた。
橘左兵衛は、小舟に立って投網を静かに引き絞った。
引き上げられる投網に魚の銀鱗が光った。
清吉は、木陰から見守っていた。

勇次は、堀切村の橋の袂の小さな家に戻った。

「おう。勇次……」

和馬が、浪人姿で橋の袂に佇んでいた。

「こりゃあ、神崎の旦那……」

「橘左兵衛と清吉はいないよ」

「じゃあ、未だ漁に出たままですか……」

「で、橘左兵衛の女房と娘の事、何か分かったか……」

「そいつなんですがね。辺りの川魚漁師の親方に聞いた処、橘左兵衛の女房と娘、五年前に亡くなっていましたよ」

「亡くなっていた……」

和馬は眉をひそめた。

「ええ。流行病(はやりやまい)に罹(かか)り、左兵衛の看病の甲斐もなく……」

「そうだったのか……」

橘左兵衛の妻子は死んでいた。

「命懸けで秋山さまと斬り合って助けた娘も呆気なく病で死ぬなんて……」

「ああ。辛く悔しかっただろうな」

和馬と勇次は、左兵衛の無念さに思いを馳せた。


下谷広小路は、東叡山寛永寺や不忍池の弁財天への参拝客で賑わっていた。

上野新黒門町の瀬戸物屋『和泉屋』は、下谷広小路に近かった。

雲海坊は、瀬戸物屋『和泉屋』に関しての聞き込みを続けた。

瀬戸物屋『和泉屋』には主夫婦と娘や息子、奉公人たちがおり、繁盛していた。

「和泉屋さんに変わった事ですか……」

甘味処の女将は、斜向かいの瀬戸物屋『和泉屋』を眺めた。

「ああ。人相の悪い浪人が出入りするようになったとか、若旦那が悪い遊びを始めたとか、何かないかな……」

「お坊さま、若旦那は未だ十二歳。悪い遊びは未だ未だですよ」

女将は苦笑した。

「そうか、未だ早いか……」

「ええ。そう云えば、お嬢さんのおさきさん、身体の具合が悪いのかもしれませんん」

「お嬢さんのおさきさん……」

雲海坊は眉をひそめた。

「ええ。おさきさん、お針や三味線の稽古に出掛けていたのですが、此処の処、見掛けなくなりましてね。和泉屋さんで変わった事と云えば、そのぐらいですかねえ」

「お嬢さんのおさきさん、歳は幾つかな……」

「確か十八だったかな……」

女将は首を捻った。

もし、瀬戸物屋『和泉屋』と始末屋が拘わりがあるならば、その間には娘のおさきがいるのかもしれない……。

雲海坊は読み、娘のおさきについての聞き込みを急ぐ事にした。


長命寺、白鬚神社、木母寺……。

口利き屋の喜多八は、湯島天神で茶之湯の宗匠の宗春と別れ、向島にやって来た。

由松は、喜多八を尾行て来ていた。

喜多八は向島の土手道を進み、木母寺の前から隅田村の田舎道に入った。

由松は尾行た。

喜多八は、田畑の緑の中の田舎道を堀切村に進んだ。

橘左兵衛は、漁を終えて小さな家に戻り、船着場で獲って来た魚の仕分けを始めた。

和馬、勇次、清吉は、綾瀬川に架かる橋の袂の木陰から見守った。

「神崎の旦那、勇次の兄貴……」

清吉は、田舎道を来る喜多八を示した。

「誰だ……」

和馬は眉をひそめた。

「口利き屋の喜多八です」

勇次は告げた。

「奴が喜多八か……」

「ええ……」

勇次、和馬、清吉は、木陰から喜多八を見守った。

喜多八は縞の半纏を翻し、田畑の中の田舎道をやって来た。そして、喜多八の背後から由松が追って来るのが見えた。

「清吉、由松の兄貴だ。呼んで来い」

勇次は命じた。

「はい……」

清吉は頷き、緑の田畑の中を由松に向かって走った。


「橘の旦那……」

口利き屋の喜多八は、橋の袂の小さな家の船着場にいる橘左兵衛に声を掛けた。

左兵衛は振り返り、喜多八を迎えた。

喜多八は、左兵衛に駆け寄った。そして、厳しい面持ちで左兵衛に何事かを話し始めた。

左兵衛は、魚の仕分けをしながら喜多八の話を聞いていた。

和馬と勇次は見守った。

由松が清吉に誘われて来た。

「神崎の旦那、勇次……」

「うむ……」

和馬は頷いた。

「橘左兵衛です……」

勇次は、由松に囁いた。

由松は頷き、左兵衛と喜多八を見守った。

左兵衛は、喜多八の話を聞き終えて頷いた。

喜多八は、左兵衛に笑顔で礼を云って踵(きびす)を返した。

「じゃあ……」

由松は、喜多八を追い掛けようとした。

「由松の兄貴、清吉を付けますぜ」

勇次は告げた。

「そいつは、ありがてえ……」

由松は頷いた。

「じゃあ、あっしが先に……」

清吉は、喜多八を追った。

「じゃあ神崎の旦那、勇次……」

由松は、和馬と勇次に目礼して清吉に続いた。

和馬と勇次は、漁の後片付けをしている左兵衛を見守った。

綾瀬川の緩やかな流れは西日に煌めいた。


本郷御弓町の武家屋敷街は、昼下りの静けさに満ちていた。

十徳を着た宗春が、人気のない通りをやって来た。

「宗春だな……」

物陰にいた幸吉は睨んだ。

「ええ……」

新八は頷いた。

宗春は立ち止り、表門を閉めている笹岡屋敷を見上げた。

「きっと、笹岡真次郎の動きを見定めに来たのだろう」

始末屋の次の獲物は、笹岡真次郎なのだ。

幸吉は読んだ。

そして、宗春自ら笹岡真次郎の動きを見定めに来たのは、始末の時が近いからだ。

　幸吉は、微かな緊張を覚えた。

　夕陽は西の空を赤く染めた。

　橘左兵衛は、刀を一本差した浪人姿で小さな家から出て来た。

「神崎の旦那……」

「ああ……」

　左兵衛は、始末屋の人斬りとしての仕事に行くのだ。

　和馬と勇次は読んだ。

　左兵衛は、小さな家の庭の奥に進み、大きな石の前に佇んで手を合わせた。

「あの、大きな石……」

「きっと、死んだ女房と娘の墓だ……」

　和馬は睨んだ。

　左兵衛は、女房と娘の墓の前から踵を返し、左脚を引き摺りながら田舎道を隅田川に向かった。

　和馬と勇次は追った。

笹岡屋敷の表門脇の潜り戸が開いた。

見張っていた宗春は、素早く路地に隠れた。

笹岡真次郎が潜り戸から現れ、本郷の通りに向かった。

宗春が路地から現れ、笹岡真次郎を尾行た。

「新八、笹岡真次郎を尾行ろ。俺は宗春を追って行く……」

幸吉は告げた。

「承知……」

新八は、連なる旗本屋敷の路地に駆け込んだ。

幸吉は、笹岡真次郎を尾行る宗春を追った。

旗本屋敷街は大禍時に覆われた。


暮六つ（午後六時）。

湯島天神門前町の盛り場には明かりが灯り、客の笑い声と酌婦の嬌声が響き始めた。

笹岡真次郎は、盛り場の奥の小さな飲み屋に入った。

新八は見届けた。そして、宗春も見届けたのを確かめた。

「笹岡真次郎は……」

幸吉が、背後から新八に並んだ。

「あの飲み屋に……」

新八は、小さな飲み屋を示した。

「どう云う飲み屋かな……」

「溜り場のようです」

新八は告げた。

「じゃあ、真次郎に仲間がいるのか……」

「ええ。髭面の浪人や遊び人なんかの悪仲間が……」

「そうか……」

幸吉と新八は、小さな飲み屋と宗春を見張った。

湯島天神は既に参拝客も帰り、鳥居の前に人影はなかった。

口利き屋の喜多八は、辺りを窺いながらやって来て鳥居の前に佇んだ。

「誰かを待っているようですね」

清吉は、由松に告げた。

「おそらく橘左兵衛だ……」

由松は読んだ。

喜多八は鳥居の前に佇み、由松と清吉は見張った。

鳥居の前には、門前町の盛り場の騒めきが漂って来ていた。

僅かな刻が経った。

橘左兵衛が、左脚を僅かに引き摺りながら暗がりから現れた。

「橘の旦那……」

喜多八は駆け寄った。

「待たせたな……」

「いいえ……」

「何処だ……」

「こちらです」

喜多八は、左兵衛を門前町の盛り場に誘った。

「由松の兄貴……」

「行き先はおそらく盛り場だ。清吉は追って来る筈の神崎の旦那や勇次と一緒に来い」

「はい……」

由松は、左兵衛と喜多八を追った。

清吉は、左兵衛が来た暗がりを透かし見た。

和馬と勇次がやって来た。

小さな飲み屋からは、男たちの笑い声が洩れていた。

喜多八と橘左兵衛は、小さな飲み屋の前に佇んだ。

幸吉と新八は、息を詰めて見守った。

物陰から宗春が現れ、喜多八と左兵衛に駆け寄った。

「橘の旦那……」

「やあ。元締……」

左兵衛は微笑んだ。

「元締、笹岡真次郎は……」

喜多八は尋ねた。

「ああ、来ているよ」

宗春は、小さな飲み屋を示した。

「橘の旦那……」

「うむ。元締、喜多八、どうやら今夜が最後のようだ」

左兵衛は、辺りを見廻して物静かに告げた。

「えっ……」

宗春と喜多八は戸惑った。

「行ってくる」

左兵衛は、左脚を引き摺って小さな飲み屋に向かった。

「待て、橘左兵衛……」

和馬が暗がりから現れた。

左兵衛は、和馬を一瞥(いちべつ)して小さな飲み屋に入った。

宗春と喜多八は、匕首を抜いて身構えた。

幸吉、勇次、由松、新八、清吉が現れ、素早く宗春と喜多八を取り囲んだ。

小さな飲み屋から悲鳴が上がった。

「宗春と喜多八をお縄にしろ」

和馬は命じ、小さな飲み屋に走った。

幸吉が続いた。

勇次と清吉は宗春、由松と新八が喜多八に襲い掛かった。

和馬と幸吉は、小さな飲み屋に踏み込んだ。

刹那、橘左兵衛は笹岡真次郎の首の付け根を斬り下げた。

真次郎は、血飛沫(ちしぶき)を上げて仰け反り、和馬と幸吉の方に倒れ込んだ。

和馬と幸吉は、咄嗟に倒れ込む真次郎を受け止めた。

左兵衛は、身を翻して裏口に走った。

「待て……」

和馬は追った。

笹岡真次郎は絶命していた。

幸吉は、真次郎の死を見定めて店の中を見廻した。

髭面の浪人と遊び人、そして小さな飲み屋の女将らしき厚化粧の大年増が血塗れになって倒れていた。

幸吉は、三人の生死も確かめた。

三人は、一太刀で斬り殺されていた。

僅かな刻の間に四人を斬り殺した……。

幸吉は、橘左兵衛の剣の凄まじさに思わず身震いした。

「親分、宗春と喜多八をお縄にしました」

報せに来た勇次が、笹岡真次郎たちの死体を見て眉をひそめた。


和馬は、盛り場の裏路地を逃げる橘左兵衛を追った。

左兵衛は左脚を僅かに引き摺り、暗い裏路地を巧みに駆け抜けた。

和馬は追った。

左兵衛は、裏路地から盛り場に向かった。

和馬は、追って盛り場に走った。


和馬は、路地から盛り場に出た。

盛り場には大勢の酔客が行き交っていた。

和馬は、辺りに左兵衛を捜した。だが、左兵衛の姿は、既に何処にも見えなかった。

逃げられた……。

和馬は、悔しげに弾む息を整えた。

始末屋の宗春と喜多八はお縄になった。

和馬と幸吉たちは、宗春と喜多八を大番屋に引き立て、貸元の五郎蔵と笹岡真次郎殺しを誰に頼まれての仕業か厳しく詮議する事にした。

「そうか、橘左兵衛、笹岡真次郎たちを一太刀で斬り殺して逃げたか……」

久蔵は、厳しさを過ぎらせた。

「はい。橘左兵衛、恐ろしい程の遣い手ですね」

和馬は眉をひそめた。

「うむ。して、笹岡真次郎たちを殺すように始末屋に頼んだのが誰か、分かっているのか……」

「はい。雲海坊の調べでは、上野新黒門町の瀬戸物屋和泉屋の娘が真次郎に手込めにされ、金蔓にならなければ世間に言い触らすと脅されたとの噂があると……」

「そいつが本当なら、笹岡真次郎、殺されても仕方がない悪党だな」

久蔵は眉をひそめた。

「はい……」

和馬は頷いた。

「して和馬、橘左兵衛は向島か……」

久蔵は読んだ。

「きっと……」

和馬は、左兵衛の家の庭の隅にある女房と娘の墓を思い浮かべた。

「それにしても橘左兵衛、女房と娘を流行病で亡くしていたとはな……」

久蔵は、左兵衛に微かな哀れみを覚えた。


隅田川は大きくうねりながら流れていた。

久蔵は、向島の土手道を進んで木母寺に差し掛かった。

弥平次が、道端の岩に腰掛けて煙草(たばこ)を吸っていた。

「やあ。変わりはないか……」

久蔵は微笑んだ。

「はい。秋山さまも……」

弥平次は、煙管(きせる)を仕舞って久蔵に目礼した。

「うむ。堀切村はこっちだな……」

久蔵は、木母寺の前の田舎道を示した。

「ええ。お供しますよ」

弥平次は笑顔で頷いた。

久蔵と弥平次は、田畑の中の田舎道を堀切村に向かった。

「久し振りだな……」

「えっ……」

「二人で歩くのは……」

久蔵は笑った。


田舎道の先の綾瀬川には橋が架かっており、傍らに小さな家があった。

久蔵と弥平次は、綾瀬川に架かっている橋に近付いた。

「秋山さま、御隠居……」

橋の袂の木陰から勇次と新八が現れ、久蔵と弥平次に駆け寄って来た。

「御苦労だな。橘左兵衛はいるか……」

久蔵は、小さな家を眺めた。

「はい。家の中に……」

勇次は頷いた。

「そうか。よし、此処で待っていろ」

「はい……」

勇次と新八は頷き、弥平次と共に橋の袂に佇んだ。

久蔵は、小さな家の庭に進んだ。


浪人姿の橘左兵衛が、刀を手にして小さな家から現れた。

「やあ……」

久蔵は笑い掛けた。

「お待ちしていました……」

左兵衛は、久蔵に懐かしそうな眼差しで目礼し、刀を腰に差した。

既に覚悟は出来ている……。

久蔵は読んだ。

「御新造と娘、流行病で亡くなったそうだな」

久蔵は、庭の隅の大石に手を合わせた。

「虚しいものです……」

左兵衛は、淋しげな笑みを浮かべた。

「それで始末屋の人斬りになったか……」

「虚しくて、哀しくて、やり切れなくなりましてね」

左兵衛は、己の辛さを人を斬って紛らわせていたのだ。

「悪党でも殺せば、人殺しだ」

「心得ております……」

左兵衛は頷いた。

「ならば……」

久蔵は、左兵衛を見据えた。

刹那、左兵衛は久蔵に鋭く斬り掛かった。

久蔵は踏み込み、抜き打ちの一刀を横薙ぎに放った。

刀の煌めきが鋭く交錯した。

久蔵と左兵衛は、残心の構えを取った。

弥平次、勇次、新八は、息を呑んで凍て付いていた。

久蔵の斬られた鬢の毛が、微風に散った。

血が滴り落ち、小さく飛び散った。

左兵衛は微笑み、胸元を血に染めて前のめりに倒れた。

久蔵は吐息を洩らし、残心の構えを解いた。

弥平次、勇次、新八が駆け寄った。

「秋山さま……」

「うむ……」

久蔵は、刀に拭いを掛けて鞘に納めた。

「死んでいます」

勇次と新八は、左兵衛の死を見定めた。

「うむ。勇次、新八、左兵衛を女房や娘の傍に葬ってやってくれ」

「承知しました」

勇次と新八は頷いた。

「じゃあ、柳橋の……」

「はい……」

久蔵は、弥平次と共に左兵衛の家から離れた。

久蔵と弥平次は、田畑の中の田舎道を隅田川に向かった。

「橘左兵衛、嬉しげに微笑んでいましたね」

「哀しい奴だ……」

久蔵は、田畑の向こうに流れている隅田川を眺めた。

隅田川の流れは、人の世の哀しさや苦しみを飲み込んで煌めいている……。

第三話

恋女房

一

八丁堀北島町の地蔵橋近くに、南町奉行所定町廻り同心神崎和馬の組屋敷はあった。

二年前、和馬は小坂百合江と云う三十過ぎの女と見合いをし、所帯を持った。

小坂百合江は、二百石取りの勘定吟味方改役小坂忠太夫の娘だった。

和馬は、百合江との見合話が持ち上がった時、秘かに小坂屋敷に赴いた。そして、百合江を見て一目惚れをし、嫁に貰う事に決めた。

百合江は、和馬の気持ちを知った時、自分が何故に婚期が遅れたのか話し始めた。

百合江には親の決めた許嫁がいた。しかし、許嫁は奥祐筆の役目に就いている旗本三百石の家の娘の婿養子になり、百合江は理不尽に裏切られた。

以来、百合江は屋敷に籠もり、行き遅れになった……。

百合江は、恥を忍ぶかのように悔しげに俯いた。

「どうって事はありませんよ……」

和馬は、屈託なく笑った。

百合江は、和馬の嫁になる事に決めた。

その裏には、父親の忠太夫の隠居と弟が嫁を娶ると云う事情があった。

二ヶ月後、和馬と百合江は祝言をあげて夫婦となり、北島町の組屋敷で暮らし始めた。

百合江は、料理を始めとした家事全般を見事にこなし、出入りしている柳橋の幸吉たちとも上手く付き合った。

しっかり者……。

百合江の評判は良く、和馬は尻に敷かれていると囁かれた。

そのぐらいの方が和馬には丁度良い……。

秋山久蔵は笑った。

そして、二年の歳月が過ぎた。

不満はない……。

和馬は、百合江との暮らしに満足していた。


不忍池には水鳥が遊んでいた。

和馬は、迎えに来た手先の新八と不忍池の畔を進んだ。

畔の一隅には、岡っ引の柳橋の幸吉が自身番の者や木戸番たちと一緒にいた。

「親分、神崎の旦那がお見えです」

新八は告げた。

「御苦労さまです……」

幸吉は、和馬を迎えた。

「やあ。柳橋の、仏は何処だ……」

「こちらです」

幸吉は、雑木林に和馬を誘った。


雑木林の枯葉の上に筵を掛けられた死体があった。

幸吉は筵を捲った。

初老の男の死体が現れた。

和馬は、手を合わせた。

初老の男は羽織を着ており、左肩から右胸に掛けて袈裟懸けに斬られていた。

「正面から袈裟懸けの一太刀か……」

和馬は、初老の男の傷口を読んだ。

「はい。他に傷はありません」

幸吉は告げた。

「殺ったのは侍だな……」

「間違いないでしょう。で、血の乾き具合から見て、殺されたのはおそらく昨夜……」

幸吉は読んだ。

「で、仏の身許は……」

「界隈の料理屋からの帰りと睨み、料理屋の者たちに面通しをして貰ったのですが、日本橋は本石町の薬種問屋大黒堂の旦那の仁左衛門ではないかと……」

「薬種問屋の旦那か……」

「はい。それで今、自身番の方が大黒堂の者を呼びに行っています」

「そうか。で、大黒堂の仁左衛門、昨夜、料理屋に来ていたのか……」

「はい。此の先の池ノ家って料理屋に、御公儀のお役人と……」

「公儀の役人だと……」

和馬は眉をひそめた。

「はい。山田さまとか……」

幸吉は、微かな嘲りを過ぎらせた。

「偽名だな」

和馬は苦笑した。

「きっと。で、戌の刻五つ（午後八時）に山田さまが帰り、直ぐに大黒堂仁左衛門も帰ったそうです」

「仁左衛門に供はいなかったのか……」

「ええ。一人で来たそうでしてね。ひょっとしたら、店の者には内緒だったのかもしれません」

「うん……」

和馬は頷いた。

「で、今、勇次と清吉が殺しを見た者がいないか捜しています」

「そうか……」

「親分、神崎の旦那、大黒堂の番頭さんが来ました」

新八が、中年の番頭を連れて来た。

「御苦労さまです。ま、見て下さい」

幸吉は、死体に掛けられている筵を捲った。

中年の番頭は顔色を変えた。

「だ、旦那さま……」

中年の番頭は、死体の傍に跪いて声と身体を激しく震わせた。

「神崎の旦那……」

「うん。薬種問屋大黒堂仁左衛門に間違いないか……」

和馬は頷いた。


薬種問屋大黒堂仁左衛門は、前の日に碁敵の家に行くと云って一人で出掛けていた。

仁左衛門の家族と店の者は、夜が更けても帰らない仁左衛門を心配して、碁敵の家に人を走らせた。だが、仁左衛門は夕暮れに碁敵の家を辞していた。

「仁左衛門の旦那、それから池ノ家に来たんですね」

「うむ。処で番頭。近頃、仁左衛門は公儀の役人と付き合いはあったのかな」

「さあ、御公儀のお医者さまとはお付き合いがありましたが、お役人さまとは……」

番頭は首を捻った。

「そうか……」

仁左衛門は、公儀の役人の山田と名乗った武士との付き合いを、家族や店の者に内緒にしていたのだ。

和馬は読んだ。

「じゃあ、近頃、店に変わった事はありませんでしたかい……」

幸吉は尋ねた。

「えっ……」

番頭は、微かな狼狽を過ぎらせた。

「変わった事、あったのだな」

和馬は、番頭の微かな狼狽を見逃さなかった。

「は、はい……」

番頭は、戸惑いと怯えを滲ませた。

「そいつは何だ」

和馬は、番頭を厳しく見据えた。

「鍵の掛けられた薬簞笥に入れておいた鳥兜と石見銀山が減っていたのです」

番頭は、声を震わせた。

「鳥兜と石見銀山……」

「はい……」

「薬簞笥の鍵は誰が持っているのだ」

「旦那さまと手前が……」

番頭は喉を引き攣らせた。

「ならば、仁左衛門が持ち出したのか……」

和馬は眉をひそめた。

「分かりません。分かりませんが……」

番頭は項垂れた。

薬種問屋大黒堂仁左衛門殺害には、鳥兜や石見銀山の毒が拘わっているのかもしれない。

和馬と幸吉は睨んだ。

料理屋『池ノ家』の女将は、訪れた和馬と幸吉に茶を出した。

「どうぞ……」

「馳走になる……」

和馬と幸吉は、出された茶を飲んだ。

「で、女将さん、御公儀のお役人の山田さま、どんな方でしたか……」

幸吉は訊いた。

「はい。三十歳を過ぎたぐらいの方で、背丈は五尺五寸程ですか。痩せていて冷たい感じの御武家さまでしたよ」

女将は眉をひそめた。

「三十歳過ぎで、背は五尺五寸程、痩せて冷たい感じの御武家……」

幸吉は呟いた。

「ええ……」

「して、その武士の羽織の紋所は……」

和馬は尋ねた。

「確か九曜紋だったと思いましたが、良く覚えていません」

女将は、申し訳なさそうに告げた。

「そうか。して、他に気になった事は……」

「座敷にいらっしゃる時以外、出入りをする時は頭巾を被っておられました」

女将は告げた。

「頭巾か……」

公儀役人の武士は偽名を使い、冷たい感じで頭巾を被っている。

慎重な奴だ……。

和馬は読んだ。

「して、その武士が先に帰り、仁左衛門が後から帰ったのだな」

「左様にございます」

女将は頷いた。

「山田って武士が、先に料理屋を出て待ち伏せをしたんですかね」

「かもしれないな……」

和馬は頷いた。

勇次、新八、清吉は、仁左衛門殺しを見た者や頭巾を被った武士を捜した。だが、殺しを見た者や頭巾を被った武士を捜し出す事は出来なかった。

日暮れ前。

和馬は、吟味方与力の秋山久蔵に報告しに南町奉行所に戻った。

久蔵は出掛けており、和馬は待った。

四半刻が過ぎた頃、久蔵が南町奉行所に戻って来た。

「おう。待たせたな……」

「いえ……」

和馬は、不忍池の雑木林で起きた仁左衛門殺しを報告した。

「薬種問屋大黒堂仁左衛門か……」

久蔵は眉をひそめた。

「はい……」

「で、和馬と幸吉は、仁左衛門は公儀の役人の山田ってのに、鳥兜や石見銀山絡みで殺されたと読んだか……」

「ええ。山田ってのが、仁左衛門に毒を用意させ、その口を封じた。違いますかね」

「いや。そんな処だろう」

久蔵は頷いた。

「で、今、柳橋が勇次たちに頭巾を被った山田の足取りを捜させています」

「そうか。処で和馬、目付の榊原さまの屋敷に行って来たのだが、昨日の昼間、城中で奥祐筆組頭の沢村織部どのが倒れたそうだ」

久蔵は告げた。

「ほう。奥祐筆組頭が……」

〝奥祐筆〟とは幕府の機密文書を扱い、諸願書を調査し、大名や旗本の人事に意見を述べ、御用部屋への取次ぎ、営繕土木などの課役の人選などをする権威と旨みのある役目だ。

その奥祐筆の四人いる組頭の一人である沢村織部が倒れたのだ。

「うむ。奥医師が直ぐに手当てをしたので命は取り留めたそうだが、寝た切りになるかもしれないそうだ」

「卒中ですか……」

和馬は眉をひそめた。

「そいつが、卒中ではないようだ」

「卒中でないなら……」

和馬は、戸惑いを浮かべた。

「榊原さまが、手当てをした奥医師から秘かに聞いた処によれば、何らかの毒を盛られたのかもしれぬと……」

久蔵は、厳しさを滲ませた。

「毒……」

和馬は驚いた。

「うむ。未だはっきりしないがな」

「それで、榊原さまは何と……」

「もし、毒だとしたなら、誰が何故に盛ったかだ。榊原さまは、既に配下の徒目付たちを動かしているらしい……」

目付の榊原采女正は、旗本御家人の監察をするのが役目だ。

「そうですか……」

「和馬、公儀の役人の山田って野郎の人相書を作れ」

「心得ました」

和馬は頷いた。

薬種問屋大黒堂仁左衛門殺しに絡んでいると思われる毒と、奥祐筆組頭の沢村織部が倒れた事に拘わりがあるのかもしれない。

久蔵の勘は囁いた。


鱸（すずき）の塩焼、冷奴、隠元（いんげん）と小茄子（こなす）の山椒（さんしょう）醤油漬け……。

和馬は、百合江の手料理で二合の晩酌を楽しんだ。

「美味い。美味いな……」

和馬は、百合江の料理を誉めた。

「良かった……」

百合江は微笑んだ。

「ま、百合江も一杯、どうだ」

和馬は、百合江に酒を勧めた。

「じゃあ、一杯だけ……」

百合江は、和馬の酌で猪口に一杯だけの酒を飲み、頰を仄かに染めた。

和馬と百合江夫婦の夕餉は、楽しく穏やかなものだった。

「処で薬種問屋の主が殺されてね。暫く忙しくなる。いつもの通り、俺が遅い時は待たずにな……」

「はい。心得ておりますが、難しい事件なのですか……」

「未だ良く分からないのだが、秋山さまは奥祐筆組頭が倒れた事と拘わりがあるかもしれぬと仰ってな……」

「奥祐筆組頭……」

百合江は、思わず聞き返した。

「うん……」

「奥祐筆……」

百合江は、微かな戸惑いを浮かべた。

翌日。

柳橋の幸吉は手先の清吉を伴い、殺された薬種問屋大黒堂仁左衛門の身辺に石見銀山と鳥兜を渡した相手を捜した。

下っ引の勇次は、雲海坊、由松、新八たちと頭巾の武士の足取りを探し続けた。

しかし、頭巾を脱いで仕舞えば、何の特徴もない武士でしかなく、足取りは見つからなかった。

和馬は、絵師の狩野東伯(かのうとうはく)を料理屋『池ノ家』の女将の許に伴った。

狩野東伯は、女将から公儀役人の山田と名乗った武士の顔付きを聞き、似顔絵を描き始めた。

細面で高い鼻、薄い唇、切れ長の眼……。

東伯は、女将の言葉通りに似顔絵を描いた。

「此でどうかな……」

東伯は、出来上がった似顔絵を女将に見せた。

「あら、そっくり。何となく冷たい眼をして、良く似ていますよ」

女将は、冷たい眼をした武士の似顔絵の出来栄えに感心した。

「すまないが、此の似顔絵の写しを何枚か描いては貰えないかな」

和馬は、東伯に頼んだ。

「お安い御用だ……」

東伯は、似顔絵の写しを描き始めた。

「此の面で背丈は五尺五寸程の武士か……」

和馬は、似顔絵に描かれた武士の顔を見詰めた。

和馬は、出来上がった似顔絵の写しを幸吉や勇次たちに渡した。

「此奴が殺された仁左衛門と料理屋の池ノ家にいた、公儀役人の山田と名乗った野郎だ……」

「ありがたい。漸く聞き込む手掛りが出来ましたぜ」

勇次、雲海坊、由松、新八は喜び、似顔絵を手にして再び聞き込みに散った。

和馬は、幸吉や清吉と薬種問屋『大黒堂』に赴き、番頭やお内儀に似顔絵を見せた。

「此の顔に見覚えはないかな……」

「さあ……」

お内儀は首を捻った。

「番頭さんはどうです」

幸吉は訊いた。

「は、はい。この方は、確か町医者の桂井秀庵さんと一緒にお見えになった事のあるお侍さんに似ているような……」

番頭は眉をひそめた。

「町医者の桂井秀庵と一緒に来た侍……」

「はい……」

「名と住まいは……」

和馬は畳み掛けた。

「そ、そこ迄は存じません」

「じゃあ、町医者の桂井秀庵先生の家は何処です」

幸吉は訊いた。

「玉池稲荷の傍、小泉町です」

番頭は告げた。


下谷広小路は賑わっていた。

勇次と新八は、片隅にある立場に屯している駕籠舁たちに似顔絵を見せた。

「一昨日の夜の五つ過ぎねえ……」

駕籠舁は眉をひそめた。

「ああ、歳の頃は三十過ぎでね。此の面で背丈は五尺五寸ぐらいの羽織袴の侍。見掛けなかったかな……」

勇次は尋ねた。

「見覚えねえなあ。どうだ、お前。見掛けなかったか……」

駕籠舁は、似顔絵を髭面の仲間に見せた。

「ああ。見掛けたぜ」

髭面の駕籠舁は、事も無げに云った。

「見掛けた……」

新八は、思わず聞き返した。

「ああ……」

「本当に見掛けたんですね」

新八は念を押した。

「ああ。此の面の侍に間違いねえぜ」

髭面の駕籠舁は頷いた。

「で、駕籠に乗せたのか……」

「ああ。一昨日の夜、戌の刻五つ過ぎに来てね。此処から駕籠に乗ったよ」

髭面の駕籠舁は告げた。

「で、駕籠に乗って何処迄行ったのかな」

勇次は、髭面の駕籠舁を見据えた。

「水道橋の北詰迄、乗せたぜ」

「水道橋の北詰……」

「ああ……」

髭面の駕籠舁は頷いた。

「勇次の兄貴……」

「ああ。水道橋に行くぜ」

漸く公儀役人の山田に一歩近付いた。

勇次と新八は、声と足取りを弾ませて水道橋に急いだ。

二

神田玉池稲荷は赤い幟旗(のぼりばた)を翻していた。

和馬は、幸吉や清吉と玉池稲荷の横手の小泉町の自身番を訪れた。

「町医者の桂井秀庵先生ですか……」

自身番の店番は、和馬に聞き返した。

「うむ。小泉町にいると聞いて来たのだがな」

「はい。秀庵先生の家なら此の先の辻を曲がった処ですが……」

「そうか。して、家族はいるのか……」

「いえ。独り身で、時々手伝いの婆さんが出入りしていますよ」

「で、秀庵先生、お医者としての評判はどうなんですかね……」

幸吉は訊いた。

「ま、お医者としての腕はそこそこなんでしょうけど、いろいろな噂がありましてね」

店番は眉をひそめた。

「へえ。いろいろな噂ねえ……」

幸吉は、店番の云ういろいろな噂が悪いものだと睨んだ。

「ええ。お定まりの酒に女に博奕ですか……」

店番は苦笑した。

幸吉の睨み通りだった。

「桂井秀庵、そんな医者なのか……」

和馬は眉をひそめた。

「ええ。秀庵先生、元は御旗本の部屋住みでしてね。その頃からいろいろやっていたそうですよ」

「そうか。桂井秀庵、元は旗本の部屋住みだったのか……」

「はい……」

〝部屋住み〟とは、家督を継げない次男、三男などを云い、他家の養子や婿養子になれれば良いが、なれぬ者は医者や絵師になる事がある。そうした才もない者は生涯部屋住みを続けるか、家を出て浪人になる。

桂井秀庵は、旗本の部屋住みから医者になったのだ。

似顔絵の侍は、部屋住みの時からの仲間なのかもしれない。

「で、此の顔の御武家が秀庵先生の処に出入りしている筈なのだが、知りませんかね」

幸吉は、店番に似顔絵を見せた。

「さあ。分かりませんねえ……」

店番は、似顔絵を見て首を捻った。

「よし。とにかく桂井秀庵に逢ってみよう」

和馬は、幸吉や清吉と町医者桂井秀庵の家に向かった。


『桂井施療院』の看板の掛けられた家の格子戸は閉められ、出入りする患者がいる様子はなかった。

「御免なすって……」

清吉は、格子戸を開けようとした。しかし、格子戸には鍵が掛けられていて開かなかった。

「先生、桂井秀庵先生……」

清吉は、格子戸を叩いて声を掛けた。

返事はやはりなかった。

「往診にでも行っているのかな……」

和馬は、家の中の様子を窺った。

「裏に廻ってみましょう」

幸吉は、家の脇の路地に入った。

和馬と清吉は続いた。

『桂井施療院』の裏口に鍵は掛けられていなかった。

「秀庵先生……」

幸吉は、裏口から台所に入り、中に声を掛けた。だが、返事はなかった。

「やっぱり、出掛けているようですね」

幸吉は見定めた。

「うむ……」

「じゃあ、あっしと清吉が、秀庵先生が帰って来るのを待ってみますよ」

幸吉は、和馬に告げた。


神田川には様々な船が行き交っていた。

勇次と新八は、明神下の通りから神田川の北岸の道に出て水道橋に向かった。

それは一昨日の夜、町駕籠が似顔絵の武士を乗せて進んだ道筋だ。

勇次と新八は、御茶ノ水の懸樋（かけひ）の傍を抜けて水道橋の北詰に差し掛かった。

一昨日の夜、殺された薬種問屋大黒堂仁左衛門と料理屋『池ノ家』で逢った武士は、下谷広小路の立場から水道橋の北詰に町駕籠に乗って来た。そして、町駕籠を降りて水道橋を歩いて渡り、駿河台の旗本屋敷の連なりに入って行った。

髭面の駕籠舁が見たのは、そこ迄だった。

勇次と新八は水道橋を南詰に渡り、連なる旗本屋敷を眺めた。

似顔絵の武士は、連なる旗本屋敷の何処に行ったのか……。

勇次と新八は、旗本屋敷の中間小者、出入りをしている商人などに似顔絵を見せて聞き込みをする事にした。


「此奴か……」

久蔵は、似顔絵を眺めた。

「ええ。料理屋の女将は良く似ていると……」

「そうか。で、和馬、此の似顔絵、一枚貰えるかな」

「構いませんが……」

和馬は、聞き込みをしない久蔵が似顔絵を欲しがったのに戸惑った。

「城中で倒れた奥祐筆組頭の沢村織部どのだが、身体も動かず、話す事も叶わなくてな。榊原さまの調べでは、やはり何らかの毒を盛られたようだと……」

久蔵は、厳しさを過ぎらせた。

「ですが沢村織部さま、何故に毒を盛られるような……」

和馬は眉をひそめた。

「それなのだが、和馬も知っているように奥祐筆組頭は、いろいろと旨みのある役目だ。沢村どのは、賄賂を貰って便宜を図る同役を秘かに調べていたそうだ」

「じゃあ、沢村さまに毒を盛った者は、そいつが露見するのを恐れて……」

「おそらくな。奥祐筆組頭は四人。その一人が沢村どのとなると、残り三人の内の誰かが仕組んだ事となる」

久蔵は読んだ。

「ええ……」

「勿論、直に毒を盛ったのは、配下の奥祐筆衆だろうがな」

「ですが、奥祐筆衆は五十人以上もいるんですよ。調べるにしても……」

和馬は気が付いた。

「面倒だ。それ故……」

「似顔絵ですか……」

「ああ。此奴が奥祐筆の中にいれば大当たりだ。大黒堂仁左衛門殺しと沢村どのが毒を盛られた一件、一挙に片付く……」

久蔵は、笑みを浮かべて似顔絵を見詰めた。

「成る程。では、此の似顔絵を榊原さまに渡し、捜して貰いますか……」

「ま、そんな処だ。だが和馬、こっちはこっちで探索を急ぐのだ」

久蔵は命じた。

「心得ております」

和馬は笑った。

「よし……」

久蔵は苦笑した。


『桂井施療院』に桂井秀庵が戻って来る事はなく、時々患者が訪れるぐらいだった。

幸吉と清吉は、蕎麦屋の窓から斜向かいにある『桂井施療院』を見張った。

「桂井秀庵、帰って来ませんね」

清吉は焦れた。

「うん。命の危ない患者に付きっきりなのか、岡場所に居続けているのかもしれない。まあ、気長に見張るしかないさ」

幸吉は苦笑した。

「親分……」

由松が入って来た。

「おう。由松が来てくれたか……」

幸吉は、蕎麦屋の小僧を柳橋の船宿『笹舟』に走らせていた。

「ええ。丁度、笹舟に居合わせましてね……」

「そいつは助かった……」

幸吉は、『桂井施療院』を示して町医者の桂井秀庵と似顔絵の武士との拘わりを告げた。

「分かりました。秀庵先生が戻ったら、似顔絵の侍が何処の誰か聞き出すんですね」

由松は頷いた。

「ああ。清吉と一緒にやってくれ」

「承知しました」

由松は頷いた。

幸吉は、『桂井施療院』の見張りに由松と清吉を残し、柳橋の船宿『笹舟』に戻った。

勇次と新八は、似顔絵を手にして駿河台の旗本屋敷街で聞き込みを続けた。だが、似顔絵に描かれた武士を知る者は容易に見つからなかった。

陽は暮れた。

和馬は、八丁堀北島町の組屋敷に戻った。

「お戻りなさいませ」

和馬は百合江に迎えられ、その介添えで着替えをした。

着替えを終えた和馬は、板の間に行った。

百合江は、和馬が脱ぎ棄てた着物と羽織を畳んだ。

折り畳まれた紙が、着物の袖から出て来た。

百合江は、怪訝な面持ちで折り畳まれた紙を開いた。

折り畳まれていた紙は、殺された仁左衛門と一緒に居た武士の似顔絵だった。

百合江は、似顔絵を見て息を呑み、眼を瞠った。

「こ、これは……」

百合江は、似顔絵に描かれた武士の顔を見詰めた。

細面で高い鼻、薄い唇に切れ長の眼……。

百合江は、喉を引き攣らせた。

似ている……。

百合江は、似顔絵を見詰めた。

「百合江……」

和馬の呼ぶ声がした。

「は、はい……」

百合江は、似顔絵を折り畳んで羽織の上に置き、板の間に行った。

「茶を淹れて貰おうか……」

和馬は、囲炉裏端の横座に座って火の加減を見ていた。

「はい。只今……」

百合江は、囲炉裏に掛かっている鉄瓶の湯で茶を淹れ始めた。

「お前さま……」

「何だ……」

「人相書ですか、落ちたので羽織の上に置いておきました」

「そうか……」

「どうぞ……」

百合江は、湯気の立ち昇る茶を和馬に差し出した。

「うん……」

和馬は、茶を飲み始めた。

「人相書の者は何をしたのですか……」

百合江は、夕餉の仕度をしながら何気なさを装って尋ねた。

「未だはっきりしないんだが、薬種問屋の主を闇討ちしたかもしれぬ……」

「闇討ち……」

百合江は、僅かに声を強張らせた。

「うん。で、何を手伝うかな」

「いえ。未だ結構です」

「そうか。ならば、晩酌の仕度をするか……」

「お願いします。それで人相書の男、捜しているのですか……」

「ああ……」

和馬は、酒の仕度をしながら頷いた。

「そうですか……」

百合江は眉をひそめた。

囲炉裏に焼べられた柴が爆ぜ、火の粉が飛び散った。


柳橋の幸吉は、勇次と新八の探索の情況を聞き、雲海坊を加えた。

勇次、雲海坊、新八は、駿河台の旗本屋敷街に似顔絵の武士を捜し続けた。


町医者の桂井秀庵は、小泉町の『桂井施療院』に戻って来なかった。

由松と清吉は、蕎麦屋の二階の座敷から見張り続けていた。

「秀庵先生、どうしたんですかね……」

清吉は眉をひそめた。

「うん。清吉、桂井施療院、裏口は開いているんだな」

「ええ……」

「よし。ちょいと家の中を覗かせて貰うか」

由松は笑った。

「えっ。良いんですか……」

清吉は戸惑った。

「ちょいと覗くだけだ。構わねえだろう」

由松は、悪戯っ子のような笑みを浮かべた。

「そうですね……」

清吉は、面白そうに頷いた。


勝手口の戸は、微かな軋みを鳴らした。

由松と清吉は、薄暗い台所の土間に踏み込んだ。

台所の様子は、昨日と変わりはなかった。

由松は、台所の板の間にあがり、廊下を進んだ。

清吉は続いた。

薬の匂いが漂い、診察室と待合室があった。

診察室と待合室は、薬の匂いが漂っているだけで不審な処はなかった。

由松と清吉は、廊下の奥に進んだ。

廊下の奥には居間と座敷があり、火鉢の灰は冷たく固まっていた。

「由松の兄貴……」

清吉は、緊張した声で由松を呼んだ。

「どうした……」

「此奴を見て下さい。血じゃあないですか……」

清吉は眉をひそめ、座敷の畳にある赤黒い染みを示した。

「血だと……」

由松は、人差指の腹で赤黒い染みを擦り取り、臭いを嗅いだ。

「血に間違いねえ……」

由松は眉をひそめた。

清吉は座敷を見廻し、押し入れの戸を開けて思わず声をあげた。

「どうした……」

「あ、兄貴……」

清吉は、声を激しく震わせて押し入れの中を指差した。

押し入れの中には、顔を醜く歪めた中年男の死体があった。

「桂井秀庵先生か……」

由松は睨んだ。

「きっと……」

清吉は、喉を鳴らして頷いた。

町医者桂井秀庵は死んでいた。

「よし。清吉、親分に報せろ」

「合点です」

清吉は、『桂井施療院』から猛然と駆け出して行った。


勇次と新八は、似顔絵の武士を捜し続けた。

「あれ、此の顔、原さまの処の婿殿じゃあないかな……」

旗本屋敷の初老の下男は眉をひそめた。

「原さまの処の婿殿……」

勇次は、思わず聞き返した。

「ああ。良く似ているよ」

「勇次の兄貴……」

新八は、漸く出逢った手応えに声を弾ませた。

「うん。それで、その原さまの婿殿、名前は何と云うんですかね」

「確か左京とか左京亮とか云ったと思うが、良く分からないな」

　初老の下男は首を捻った。

「そうですか。それで、その原さま、御屋敷は何処ですか……」

「此の先の裏猿楽町だよ」

　初老の下男は、武家屋敷街の奥を指差した。

「で、原さま、御公儀ではどのような御役目を……」

「さあ、そこ迄は……」

　初老の下男は、申し訳なさそうに眉をひそめた。

「そうですか。いや、助かりました……」

　勇次と新八は、初老の下男に礼を云って旗本の原屋敷のある裏猿楽町に向かった。

　裏猿楽町に入った勇次と新八は、通り掛かった行商の小間物屋を呼び止め、原屋敷が何処か尋ねた。

「ああ。原さまの御屋敷ならあそこですよ」

小間物屋は、斜向かいの旗本屋敷を指差した。

「ああ、そうか。造作を掛けたね」

勇次と新八は、立ち去って行く小間物屋を見送り、旗本の原屋敷に向かった。


旗本の原屋敷は表門を閉め、静けさに覆われていた。

勇次は、辺りの屋敷を見廻した。

武家屋敷街での見張りは、潜む場所も少なく辻番も煩いので面倒だった。

「よし。俺は見張り場所を探す。新八は雲海坊さんを呼んで来い」

「合点です」

新八は、表猿楽町に走った。

勇次は、見張り場所を探した。

竹箒(たけぼうき)を手にした中間が、原屋敷の向いの大名屋敷から出て来た。

「ちょいと宜しいですかい……」

勇次は、中間に近寄った。

「なんだい……」

「此奴を見て貰えませんかい……」

勇次は、中間に似顔絵を見せた。

「なんだい。原の婿殿じゃあねえか……」

中間は、似顔絵を見て直ぐに告げた。

「やっぱり。で、原さまの婿殿、名前は何と云うんですかい……」

「確か左京亮だぜ」

「原左京亮……」

勇次は、似顔絵の武士の名を突き止めた。

「ああ。どうかしたのかい、原の婿殿……」

「えっ、まあ……」

勇次は笑った。


新八は、表猿楽町で雲海坊を見付けた。

「ほう。見付けたかい……」

「ええ。裏猿楽町にある原って旗本の婿殿のようですよ」

新八は告げた。

「原って旗本の婿殿か……」

「ええ……」

新八は、雲海坊を誘って裏猿楽町の原屋敷に向かった。

御高祖頭巾（おこそずきん）の武家女が、物陰から裏猿楽町の武家屋敷街を眺めていた。

雲海坊は、御高祖頭巾の武家女を見て思わず足を止めた。

御高祖頭巾の武家女は、雲海坊の視線に気が付いたのか俯き、足早にその場を離れた。

まさか……。

雲海坊は見送った。

「どうしました、雲海坊さん……」

新八は、怪訝そうに振り返った。

「いや。何でもない……」

雲海坊は、新八に続いた。

三

神田小泉町の『桂井施療院』の座敷の押し入れから発見された死体は、町医者の桂井秀庵だった。

「仏、桂井秀庵に間違いないか……」

和馬は眉をひそめた。

「はい。自身番の人たちにも面通しをして貰いました」

由松は告げた。

「で、心の臓を一突き。血が出るのを嫌って匕首を抜かず、そのまま押し入れに入れていましたよ」

幸吉は報せた。

「そうか……」

和馬は頷いた。

報せを受けた幸吉は、清吉をそのまま和馬の許に走らせたのだ。

「殺ったのは、大黒堂仁左衛門を斬った奴と同じかな」

「きっと……」

幸吉は頷いた。

「己に辿り着かれる恐れのある者の口は、容赦なく封じるか……」

和馬は、眉をひそめて吐息を洩らした。

「よし、由松、清吉。おそらく桂井秀庵が殺されたのは昨日だ。近所の者たちに似顔絵を見せ、見掛けなかったか訊いてみな」

幸吉は、由松と清吉に命じた。

「して榊原さま、毒を盛られた奥祐筆組頭沢村織部どのが、秘かに調べていた相手が誰か分かりましたか……」

久蔵は訊いた。

「うむ。残る三人の奥祐筆組頭の一人、大岡主水と云う者の収賄が眼に余り、秘かに探っていたようだ」

「大岡主水どのですか……」

「うむ。尤も、大岡主水が自ら手を下したとは思えぬがな」

榊原は苦笑した。

「はい。毒を盛ったのは、おそらく大岡主水どのの配下。奥祐筆衆にいるかと……」

久蔵は読んだ。

「奥祐筆衆は五十六人。調べるのには手間暇が掛かり、容易ではない」

「榊原さま、過日、薬種問屋の主が公儀役人を名乗る武士と会った後、殺されましてね」

「なに……」

「どうやら、その殺しには石見銀山と鳥兜の毒が絡んでいるような……」

久蔵は小さく笑った。

「秋山……」

「その時の公儀役人を名乗る武士の似顔絵がこれにございます」

久蔵は、榊原に似顔絵を差し出した。

「此の者が……」

榊原は、似顔絵を手に取って見詰めた。

「はい……」

「よし。此の者が奥祐筆衆にいるかどうか調べてみるか……」

「それも宜しいのですが……」

久蔵は眉をひそめた。

「他に良い手立てがあるのか……」

「此の似顔絵、大岡主水どのにお見せすると、どうするか……」

「大岡主水が動くか……」

榊原は、久蔵の腹の内を読んだ。

「おそらく。さすれば沢村織部どのに毒を盛った奥祐筆衆と、命じた者がはっきりするやもしれません」

「よし。大岡主水に此の似顔絵を見せ、どう動くか配下の者に見張らせよう」

榊原は頷いた。

「それが宜しいかと……」

久蔵は、冷たい笑みを浮かべた。


備中国岡田藩江戸中屋敷の中間部屋の窓から旗本の原屋敷が見えた。

勇次は、中間頭に金を握らせて中間部屋を借り、雲海坊や新八と見張り場所にした。

「処で頭、原家の婿殿、左京亮さまってのはどんな方なのかな……」

勇次は、中間頭の万造に尋ねた。

「奥祐筆の役目に就いていてな。嫌な奴だぜ」

中間頭は吐き棄てた。

「へえ、奥祐筆衆か……」

奥祐筆衆の原左京亮……。

勇次、雲海坊、新八は知った。

「ああ。立身出世の為なら何でもするって奴で、自分の得にならねえと思ったら、洟も引っ掛けねえそうだぜ」

「へえ。そんな野郎か……」

勇次は眉をひそめた。

「じゃあ、原家の婿殿になったのも、立身出世が目当てかな……」

雲海坊は訊いた。

「ああ。先代の原さまの後を継いで奥祐筆の役目に就き、いろいろなお偉いさん方に近付く魂胆で、原家の婿殿になったって噂だぜ」

中間頭は、侮りと蔑みを浮かべた。

「随分、冷たく計算高い野郎だな」

雲海坊は苦笑した。

「で、左京亮、何をしたんだい……」

中間頭は興味を抱いた。

「まあ、いろいろとな……」

勇次は、言葉を濁した。

「勇次の兄貴、雲海坊さん……」

原屋敷を見張っていた新八が、窓の外を見たまま呼んだ。

勇次と雲海坊が窓辺に寄った。

窓の外には、裃姿(かみしもすがた)の武士が小者を従えて来るのが見えた。

「あの侍。似顔絵の野郎に似ています」

新八は、裃姿の武士を示した。

勇次と雲海坊は見詰めた。

裃姿の武士の顔は、似顔絵に良く似ていた。

「ああ。頭……」

勇次は、中間頭を呼んだ。

「彼奴が原左京亮かな……」

勇次は、中間頭に裃姿の武士を示した。

「ああ。原家の婿殿、左京亮だぜ」

中間頭は頷いた。

原左京亮は、小者を従えて原屋敷に入って行った。

「原左京亮か……」

勇次、雲海坊、新八は見定めた。

殺された大黒堂仁左衛門と料理屋『池ノ家』で逢った武士は、奥祐筆衆の原左京亮だった。

「よし。新八、此の事を親分に報せろ」

「待ってくれ、勇次。構わなければ俺が行くぜ。親分にちょいと用もあるから……」

雲海坊は告げた。

「そうですか、じゃあ、あっしと新八は此のまま原左京亮を見張ります」

勇次は頼んだ。

「うん。じゃあ……」

雲海坊は、古い饅頭笠と錫杖を持って岡田藩江戸中屋敷の中間部屋を出た。

似顔絵に描かれた武士は、前の日に小泉町の『桂井施療院』の界隈にいた。

由松と清吉は、『桂井施療院』の附近の者たちに似顔絵を見せ、その事実を摑んで来た。

「やはりな……」

和馬は眉をひそめた。

「大黒堂仁左衛門と桂井秀庵を殺して、自分との繋がりを断ち切ろうって魂胆ですか……」

幸吉は読んだ。

「ああ。情け容赦のねえ冷酷な野郎だぜ」

和馬は、似顔絵の武士の冷酷さと狡猾さに怒りを過ぎらせた。

八丁堀の組屋敷街には、行商人の売り声が長閑に響いていた。

雲海坊は、北島町の地蔵橋の袂に佇んで和馬の組屋敷を眺めた。

主の和馬は、自分たちと一緒に大黒堂仁左衛門殺しを追っている。

組屋敷には、御新造の百合江さまがいる筈だ。

その御新造が……。

雲海坊は困惑した。

野菜の棒手振(ぼてふ)りが、売り声をあげながらやって来た。

近所の組屋敷の御新造たちが、買いに出て来た。

笊を持った百合江が、和馬の組屋敷から出て来た。

雲海坊は、素早く物陰に隠れた。

百合江は近所の御新造と挨拶を交わし、野菜を選び始めた。その着物は、雲海坊が裏猿楽町の辻で見掛けた御高祖頭巾の女と同じ色柄だった。

やっぱり……。

雲海坊の困惑は募った。


「新八……」

岡田藩江戸中屋敷の中間部屋の窓から原屋敷を見張っていた勇次は、壁に寄り掛かって居眠りをしていた新八を呼んだ。

「は、はい……」

新八は、眼を擦って勇次のいる窓辺に寄った。

「見ろ……」

勇次は、原屋敷の脇にいる編笠を被った二人の武士を示した。

「何者ですか……」

新八は眉をひそめた。

「さあな。だけど、原屋敷を見張っているのに間違いない」

勇次は、微かな緊張を覚えた。

「原屋敷って、左京亮ですか……」

新八は睨んだ。

「ああ……」

勇次と新八は、原屋敷と編笠の二人の武士を見張った。

陽は大きく西に傾いた。


柳橋の船宿『笹舟』に夕暮れ時が訪れた。

女将のお糸は、やって来る客の相手に忙しかった。

「そうか。似顔絵の侍が何処の誰か分かったか……」

幸吉は、珍しく声を弾ませた。

「ええ。駿河台は裏猿楽町の屋敷に住んでいる原左京亮って野郎です」

雲海坊は告げた。

「原左京亮か……」

「はい……」

「御公儀の御役目には就いているのかい……」

「奥祐筆だそうですよ」

「奥祐筆衆の原左京亮か……」

「ええ……」

「それで、勇次と新八が見張っているのか……」

「向いにある備中は岡田藩江戸中屋敷の中間部屋を借りてね……」

「そうか。よし、由松、勇次たちの助っ人に行って、町医者の桂井秀庵の事を報せてくれ」

「承知……」

由松は頷いた。

「清吉、お前は奥祐筆の原左京亮の事を神崎の旦那にな……」

「合点です」

清吉は、由松と共に勇んで出て行った。

「御苦労だったな。雲海坊……」

幸吉は、雲海坊を労った。

「いや……」

　雲海坊は、微かな吐息を洩らした。

「どうかしたのか……」

　幸吉は眉をひそめた。

「うん。実はな、幸吉っつぁん、今日の昼、裏猿楽町で和馬の旦那の御新造さんを見掛けてな……」

　雲海坊と幸吉は同じ歳であり、同じ釜の飯を食って苦労を共にして来た仲だ。二人っきりになった時は、若い頃の口の利き方をしていた。

「和馬の旦那の御新造さんって百合江さまかい……」

「ああ。御高祖頭巾を被って、何だか人目を憚るような感じでな」

「御高祖頭巾を被っていたなら、見間違いの別人じゃあないのか……」

　幸吉は、戸惑いを浮かべた。

「俺もそう思って、八丁堀の和馬の旦那の組屋敷に確かめに行ったんだよ。そうしたら御新造さん、御高祖頭巾を被った女と同じ色柄の着物を着ていたよ」

　雲海坊は告げた。

「雲海坊……」

「何だか気になってな……」

「そうか……」

「ああ。御新造は器量好しの上にしっかり者だ。そんなお人が和馬の旦那と一緒になったのは、それなりの訳があったのかもな……」

雲海坊は眉をひそめた。

「雲海坊、人は誰しも秘密の一つや二つはあるもんだぜ」

幸吉は告げた。

「そいつは分かっているよ」

雲海坊は苦笑した。

「じゃあ雲海坊、ちょいと御新造を見張ってみな」

「良いのか……」

「ああ。似顔絵の野郎が誰かも分かったんだ。だけど、此の事は内緒だぜ」

「勿論だ……」

雲海坊は頷いた。


暮六つ。

南町奉行所は表門を閉め始めた。

清吉は、南町奉行所同心詰所に駆け込み、帰る直前の和馬に逢った。

「神崎の旦那……」

「おう。どうした、清吉……」

「似顔絵の侍が何処の誰か分かりました」

「分かったか……」

「はい。原左京亮って奴でした」

清吉は、声を弾ませた。

「原左京亮……」

和馬は眉をひそめた。

「はい。駿河台は裏猿楽町に屋敷のある奥祐筆衆って御役目の奴だそうです」

「間違いないな……」

和馬は念を押した。

「はい。間違いありません。で、勇次の兄貴たちが見張っています」

「そうか。御苦労だったな」

和馬は、清吉を労って帰した。

原左京亮……。

和馬は、同心詰所の框に腰掛けた。

原左京亮は、原家の娘の婿養子になる迄は香川(かがわ)左京亮と云い、親同士の決めた百合江の許嫁だった。だが、左京亮は百合江を裏切り、奥祐筆衆である原家の婿養子になったのだ。

和馬は、百合江との縁談が起きた時、逸早くその身辺を探って左京亮の存在を知った。しかし、和馬は左京亮と逢う事もなく、すべてを知った上で百合江を嫁に迎えた。

一目惚れをした百合江の人柄を信じて……。

その百合江の嘗(かつ)ての許嫁が、薬種問屋『大黒堂』主の仁左衛門と町医者の桂井秀庵を殺し、毒を手に入れた。

原左京亮は、手に入れた毒を上役の奥祐筆組頭の沢村織部に盛った……。

和馬は読んだ。

百合江がそれを知ったらどうなる……。

和馬は、百合江が似顔絵を見たのを思い出した。

百合江は、左京亮が町奉行所に追われる悪事を働いたのに気付いた筈だ。

どうする……。
和馬は、瞬く燭台の炎を見詰めた。
駿河台裏猿楽町の原屋敷は、夜の静寂に沈んでいた。
勇次と由松は、岡田藩江戸中屋敷の中間部屋から見張りを続けた。
原屋敷を見張る編笠を被った武士は、夜になって二人から四人になった。
新八は、中間部屋を出て原屋敷を見張る編笠を被った四人の武士の背後に廻っていた。
原屋敷の潜り戸が開いた。
勇次と由松は眼を凝らした。
塗笠を被った旅姿の武士が、開けられた潜り戸から出て来た。
「背丈は五尺五寸ぐらいだな……」
由松は睨んだ。
「ええ。身のこなしから見ておそらく原左京亮です」
勇次と由松は、塗笠を被った旅姿の武士を原左京亮と見定め、中間部屋を出た。

旅姿の原左京亮は、塗笠をあげて辺りを窺い、裏猿楽町の通りを表猿楽町に向かった。

四人の編笠を被った武士が路地から現れ、旅姿の原左京亮を追った。

新八が続いて路地から現れた。

「新八……」

勇次と由松が、岡田藩江戸中屋敷から出て来た。

「勇次の兄貴、由松さん……」

「奴らが追った旅姿の武士は原左京亮だ」

勇次は告げ、原左京亮と編笠を被った四人の武士を追った。

由松と新八が続いた。


表猿楽町の通りに出た原左京亮は、三河町に向かって武家屋敷街を足早に進んだ。

編笠の四人の武士は追った。

左京亮は何処に行くのだ……。

編笠の四人の武士は、左京亮を追ってどうするつもりなのだ……。

勇次、由松、新八は追った。

四

鎌倉河岸の外濠の水面には、月影が揺れていた。
原左京亮は、駿河台から三河町に入って鎌倉河岸に抜けた。
編笠の四人の武士は追った。
勇次、由松、新八は、暗がり伝いに続いた。
鎌倉河岸に人気(ひとけ)はなく、岸辺に打ち寄せる波の音だけが僅かに鳴っていた。
左京亮は、鎌倉河岸を神田堀に向かった。
編笠を被った四人の武士は地を蹴り、左京亮に向かって走った。
「由松さん、新八……」
勇次は、暗がりを急いだ。
由松と新八は続いた。
左京亮は、背後に迫る男たちの足音に振り向いた。
編笠を被った四人の武士は、左京亮を素早く取り囲んだ。

左京亮は、刀の柄を握り締めて身構えた。

「逐電する気か、原……」

編笠を被った武士の一人は、左京亮に厳しい声音で問い質した。

「田崎、私がどうしようが、おぬしたちに拘わりない」

左京亮は、声を緊張に震わせた。

「黙れ。大岡さまはおぬしに江戸から出て行けと仰った訳ではない……」

田崎と呼ばれた編笠を被った武士は、左京亮の言葉を遮った。

「早々に腹を切れと命じた筈だ」

田崎は、冷たく云い放った。

「そして、何もかも私が一人で企て、決行したとして片付けるか……」

左京亮は、上役の大岡の腹の内を読んだ。

「目付の榊原采女正が、大岡さまにおぬしの人相書を見せたそうだ。原、恨むなら人相書を描かれた己の迂闊さを恨むのだな」

田崎は嘲笑った。

「おのれ、田崎……」

左京亮は、田崎に抜き打ちの一刀を放った。

田崎は、辛うじて躱した。
残る三人の編笠を被った武士が、猛然と左京亮に斬り掛かった。
左京亮は斬り結んだ。

勇次、由松、新八は暗がりに潜み、原左京亮と田崎と云う編笠を被った武士の遣り取りを聞いた。

左京亮と田崎たち編笠を被った武士たちは、激しく斬り合った。
編笠を被った武士の一人が、左京亮に左脚の太股を斬られて倒れた。
「おのれ……」
田崎たち残る三人が、猛然と左京亮を斬り立てた。
左京亮は、必死に斬り合った。
田崎たちに容赦はなかった。
左京亮の左の肩口が斬られ、血が流れた。
田崎たちは、嵩に掛かって斬り掛かった。

此迄だ……。

勇次は、呼子笛を吹き鳴らした。

新八が続いた。

呼子笛の甲高い音色が夜空に鳴り響いた。

田崎たちは怯んだ。

左京亮は、田崎たちの隙を突いて素早く身を翻し、逃げた。

「北島、此の事を大岡さまに報せろ。追うぞ、工藤、杉山……」

田崎は、左脚を斬られて蹲っている北島に告げ、残る二人の編笠の武士、工藤と杉山を従えて左京亮を追った。

「由松の兄貴、野郎を頼みます。新八……」

勇次は、由松に北島を示し、左京亮と田崎たちを追った。

新八が続いた。

由松は、左脚の太股を斬られて蹲っていた北島を見守った。

北島は懸命に立ち上がり、斬られた左脚を引き摺って歩き出した。

由松は尾行た。

小石が跳ねて転がり、鎌倉河岸に落ちて月影を揺らした。

鎌倉河岸から竜閑橋を渡り、外濠沿いを進んだ。

東海道に出て江戸から逃げる……。

原左京亮は、足早に進んだ。

斬られた左の肩口から流れる血は、左腕を伝って指先から滴り落ちていた。

田崎たちは追って来る。

私の始末に失敗すれば、私同様に詰め腹を切らされるとも知らずに追って来るのだ。

哀れなものだ……。

左京亮は、逃げながら己と田崎たちを嘲笑った。

田崎たちが迫った。

上役の欲の為に腹を切ってたまるか……。

左京亮は、日本橋川に架かっている一石橋(いちこくばし)の手前を室町の方に曲がった。

血は滴り落ちた。

勇次と新八は、田崎、工藤、杉山を追った。

田崎たちは、自分たちが追われているのに気付かず、左京亮を追っていた。

「勇次の兄貴、彼奴(あいつ)ら、左京亮を見失わないでしょうね」

新八は眉をひそめた。

「ああ。心配なのはそこだ。新八、俺は直に左京亮を追う。お前は田崎たちを追って来てくれ」

「承知……」

新八は頷いた。

勇次は、裏路地に駆け込んだ。

新八は、田崎、工藤、杉山を追った。

夜は更けていった。


北島は、左脚を引き摺って淡路坂をあがり、太田姫稲荷前の旗本屋敷に入った。

由松は見届けた。

田崎たちが云っていた〝大岡さま〟の屋敷なのか……。

由松は、旗本屋敷を見張った。

僅かな刻が過ぎた。

旗本屋敷から三人の武士が現れ、三河町に向かって駆け出して行った。
由松は追った。

左京亮は、室町から日本橋川に架かる日本橋を渡って日本橋通南一丁目に出た。
日本橋の通りは、東海道に続いている。
左京亮は、日本橋の通りを南に急いだ。
勇次は、暗がり伝いに左京亮を追った。
左京亮は東海道に急いだ。
「いたぞ……」
外濠に続く道から田崎、工藤、杉山が現れ、猛然と駆け寄って来た。
左京亮は、東側に連なる町家の路地に素早く逃げ込んだ。
勇次は焦った。
田崎たちの眼の前で、左京亮を追って路地に駆け込む訳にはいかない。
楓川か……。
勇次は、左京亮が路地伝いに楓川沿いの道に出ると睨み、走った。

楓川は日本橋川と八丁堀を南北に繋いでおり、渡ると八丁堀組屋敷街になる。

勇次は通りを駆け抜け、楓川沿いの道に出て辺りを窺った。

楓川に架かっている新場橋を渡る左京亮が見えた。

勇次は、左京亮を追って新場橋に走った。


田崎、工藤、杉山は、楓川沿いの道に出た。

楓川沿いの道に人影は見えなかった。

「田崎さま……」

工藤は困惑した。

「くそ。工藤、杉山、原は未だ此の界隈にいる筈だ……」

田崎は焦った。

新八は、左京亮を捜す田崎、工藤、杉山を見守った。


田崎たちは、高輪の大木戸から江戸を逃げると睨んで京橋側を捜す筈だ……。

左京亮は、京橋とは反対側に進んで山王の御旅所（おたびしょ）に潜んだ。

〝御旅所〟とは、神社の祭礼の時、神輿（みこし）が仮に止まる所を云った。

左京亮は、御旅所の裏に潜んで斬られた左の肩口の傷の手当てをした。

夜が明ければ、血の滴りを辿られる。

それ迄のささやかな休息……。

左京亮は、辺りを見廻した。

山王御旅所の南と東側には、八丁堀の組屋敷が連なっていた。

八丁堀か……。

左京亮は、八丁堀に逃げ込んだのに気が付いた。

田崎の云っていた人相書は、おそらく薬種問屋大黒堂仁左衛門殺しの下手人として町奉行所が作ったものだ。その町奉行所の与力や同心たちが暮らす八丁堀に逃げ込んだのだ。

左京亮は、その皮肉さに苦笑した。

百合江……。

左京亮は、親同士が決めた許嫁の百合江を思い出した。

百合江は、私に裏切られた後、南町奉行所の同心に嫁いだと風の便りに聞いていた。

百合江は此の八丁堀の何処かにいる……。

左京亮は、百合江に懐かしさを覚えた。

勇次は、山王御旅所の裏手に潜んで肩の傷の手当てをし、束の間の休息をしている原左京亮を見守った。

東の空が微かに青さを増した。

夜明けは近い……。

左京亮は、御旅所の裏に蹲ったまま動かなかった。

疲れ果てて眠ったのかもしれない。

今だ……。

勇次は、御旅所から近い北島町の和馬の組屋敷に走った。

勇次は、北島町の和馬の組屋敷に駆け寄り、閉められている木戸門を叩こうとした。

「勇次じゃあないか……」

地蔵橋の袂に雲海坊がいた。

「雲海坊さん……」

勇次は戸惑った。

「どうした」

「はい。原左京亮が山王御旅所に……」

勇次は、経緯を手短に話した。

「そうか……」

「処で雲海坊さんは、どうして此処に……」

「ちょいとな。それより、早く神崎の旦那にお報せしな」


木戸門が叩かれていた。

「お前さま……」

百合江は、寝ている和馬に声を掛けた。

「うん……」

和馬は起き上がり、刀を手にして寝間から出て行った。

百合江は、和馬の出掛ける仕度を始めた。


「誰だ……」

和馬は、家を出て木戸門の外に声を掛けた。

「勇次です」

和馬は、木戸門を開けた。

「夜分すみません。旦那、原左京亮が山王御旅所に潜んでいます」

「原左京亮が……」

和馬は眉をひそめた。

「はい……」

「よし。百合江、出掛ける」

和馬は、戸口にいた百合江に告げた。

「は、はい……」

百合江は、家に戻って着替える和馬の介添えをした。

和馬は、それとなく百合江を窺った。

百合江の顔には、哀しみと憐れみが入り混じっていた。

着替えた和馬は、十手を持って勇次と共に駆け去った。

百合江は、木戸門に佇んで和馬を見送った。

雲海坊は、地蔵橋の袂から見守った。

田崎、工藤、杉山は、楓川沿いの町に原左京亮を捜し廻った。

新八は見守った。

「田崎さま……」

三人の武士が、横手の道から駆け寄った。

「おお。大岡さまの御家来か……」

「はい。主に云われてお手伝いに参りました。して、原左京亮は……」

「うむ。此の界隈に逃げ込んだのだが……」

「いないのなら、楓川を渡って八丁堀に逃げ込んだのかもしれませんね」

大岡家の家来は睨んだ。

「八丁堀か。よし……」

田崎、工藤、杉山、そして大岡家の三人の家来は楓川に架かっている越中橋に向かった。

新八は追い掛けようとした。

「新八……」

大岡家の家来を追って来た由松が現れた。

新八は、八丁堀岡崎町の秋山屋敷に走った。

「承知……」

由松は命じた。

「奴らは俺が尾行る。新八は秋山さまにお報せしな」

「由松の兄貴……」


山王御旅所は、夜明けの薄暗さに黒く浮かんでいた。

勇次は御旅所に来る途中、和馬にそれ迄の出来事を詳しく話した。

立身出世に眼が眩んだ馬鹿な奴……。

和馬は、何故か左京亮に憐れみを覚えた。

原左京亮は御旅所の裏手に蹲り、居眠りをしていた。

原左京亮……。

和馬は、左京亮を見定めた。

「お縄にしますか……」

勇次は、和馬の指示を仰いだ。

「うむ……」

和馬は頷き、左京亮に近付いた。

次の瞬間、左京亮は人の気配に跳ね起きて身構えた。

「原左京亮、大黒堂仁左衛門と町医者桂井秀庵殺しでお縄にする。神妙にするんだな」

和馬は、原左京亮を見据えて告げた。

「黙れ。私は直参旗本、町奉行所に捕らわれる謂われはない」

左京亮は、怒りに声を震わせた。

「さあて、原家は逐電したおぬしを婿と認めるかな……」

和馬は冷たく告げた。

左京亮は狼狽えた。

「此迄だな……」

和馬は憐れんだ。

「おのれ……」

左京亮は、和馬に斬り掛かった。

和馬は、十手を左京亮の刀に叩き付けた。

左京亮は、刀を落してよろめいた。

和馬は、左京亮の手拭を巻き付けた左の肩口を十手で打ち据えた。

左京亮は、激痛に醜く顔を歪めて思わず膝から崩れた。

勇次は、左京亮に素早く縄を打った。

和馬は、項垂れて縄を受ける左京亮に何故か怒りを覚えた。


夜は明けた。

山王御旅所から南茅場町の大番屋は近い。

和馬と勇次は、お縄にした原左京亮を大番屋に引き立てようとした。

「待て……」

田崎、工藤、杉山、そして大岡家の三人の家来が駆け寄って来た。

「何だ、おぬしたちは……」

和馬は、左京亮と縄尻を取る勇次を庇うように前に出た。

「それなる原左京亮を引き渡して貰おう」

田崎は告げた。

「何故だ」

和馬は、問い質した。

「その者は御公儀に仇なす者、町奉行所の口出しは受けぬ」

田崎は苛立った。

左京亮は笑い出した。

和馬と勇次、そして田崎たちは戸惑った。

「私が大岡主水の悪事を白状する前に殺して口を塞ぎ、沢村織部さまに毒を盛った罪を擦り付けるか、下手な筋書きだ……」

左京亮は、甲高い声で面白そうに笑った。

面白そうな笑いは、大岡の狡猾さと己の愚かさを嘲るものでもあった。

「黙れ。斬れ、斬り棄てろ」

田崎は、慌てて命じた。

工藤、杉山、大岡家の三人の家来は、刀を抜いて迫った。

和馬と勇次は身構えた。

「そこ迄だ」

秋山久蔵が、由松と新八を従えて現れた。

「秋山さま……」

和馬は、微かな安堵を過ぎらせた。

「話は新八から聞いたよ。そいつが奥祐筆衆の原左京亮か……」

久蔵は、縛られている左京亮を見据えた。

「はい……」

和馬は頷いた。

「よし。大番屋に引き立てな」

久蔵は、勇次に命じた。

「はい。さあ……」

勇次は、左京亮を引き立てようとした。

「おのれ……」

田崎は、左京亮に斬り掛かろうとした。

和馬が田崎の脚を蹴飛ばした。

田崎は、よろめきながらも左京亮に追い縋ろうとした。

久蔵が立ちはだかった。

「どうあっても原左京亮を斬ると云うなら、南町奉行所の秋山久蔵が相手をする」

久蔵は、田崎に笑い掛けた。

「秋山久蔵……」

工藤、杉山、大岡家の三人の家来は、久蔵の名を知っていたらしく狼狽えた。

「おのれ、秋山……」

田崎は、久蔵に斬り掛かった。

久蔵は、僅かに腰を沈めて抜き打ちの一刀を放った。

田崎は顔を苦しげに歪め、斬り上げられた胸元に血を滲ませて倒れた。

「急所は外してある。医者に運んでやりな」

久蔵は、工藤や杉山たちに命じた。

工藤と杉山たちは返事もせずに、気を失っている田崎を連れて立ち去った。

「さあ、和馬……」

「はい……」

和馬は、勇次、由松、新八と原左京亮を大番屋に引き立てた。

原左京亮は項垂れ、重い足取りで引き立てられて行った。

百合江は、山王御旅所の陰から和馬たちに引き立てられて行く原左京亮を見送った。

哀れな……。

百合江の眼に涙が浮かんだ。だが、百合江は浮かぶ涙を振り払うように踵を返し、足早に組屋敷に戻って行った。

雲海坊は見送った。

「雲海坊……」

久蔵が、雲海坊に近付いて来た。

「秋山さま……」

「和馬の御新造かな……」

久蔵は、立ち去って行く百合江を示した。

「はい。百合江さま、原左京亮と何か拘わりがあったようでして……」

雲海坊は眉をひそめた。

「そうか……」

久蔵は、左京亮が親の決めた許嫁を棄てて原家の婿養子になったのを思い出した。

百合江はその時の……。

久蔵は気付いた。

「御苦労だったな、雲海坊……」

「いいえ。何事もなくて良かったです」

「うむ……」

久蔵は微笑んだ。

奥祐筆衆の原左京亮は、上役の奥祐筆組頭の大岡主水に命じられて毒薬を手に入れた。そして、大岡は己の悪事を調べる同僚の沢村織部に毒を盛った。左京亮は毒の出処を知られるのを恐れ、薬種問屋大黒堂仁左衛門と、仁左衛門に引き合わせてくれた町医者桂井秀庵を殺した。

原家は、左京亮が屋敷を出た時に逐電したとして離縁した。離縁された左京亮は浪人として打ち首の仕置を受け、原家は減知となった。そして、大岡主水は切腹となり、配下の田崎、工藤、杉山は、家禄を没収されて浪人にされ、事件は終わった。

南町奉行所から戻った和馬は、百合江の介添えで着替えをして台所の囲炉裏端に座った。

囲炉裏端に仕度されていた膳には、鮑の蒸し味噌和えと白瓜の塩揉みが載っていた。

「鮑か、此奴は美味そうだ」

和馬は、嬉しそうに喉を鳴らした。

「さあ、どうぞ……」

百合江は、徳利を差し出した。

「うん……」

和馬は、百合江の酌を受けた。

「百合江、お前もな……」

和馬は、徳利を手にして笑い掛けた。

「は、はい。では……」

百合江は、猪口を手にした。

和馬は、百合江の猪口に酒を満たした。

「ではな……」

「はい……」

和馬と百合江は酒を飲んだ。

「美味い……」

和馬は、猪口を置いて鮑の蒸し味噌和えを食べた。

「うむ。鮑はもっと美味いな」

和馬は、嬉しげに笑った。

「良かった……」

百合江は微笑み、和馬に酒を注いだ。

和馬は、百合江の作った料理で酒を飲んだ。

「あの、お前さま……」

「何だ……」

「此の前の一件ですが、あの……」

百合江は口籠(くちご)もった。

「奥祐筆衆の件なら何もかも始末がついたよ」

和馬は遮り、酒を飲んだ。

「何もかも始末がついた……」

「うん。原左京亮がすべてを白状してね」

「原左京亮が、じゃあ……」

百合江は、微かな緊張を滲ませた。
「此奴はもう無用だな……」
和馬は、懐から左京亮の似顔絵を出し、囲炉裏の火に入れた。
百合江は戸惑った。
左京亮の似顔絵は一瞬にして燃え上がり、灰となって消えた。
忘れろ……。
和馬はそう云っているのだ。
百合江は、和馬の優しさに気が付き、秘かに泣いた。
和馬は、機嫌良く酒を飲んでいた。
囲炉裏の火は燃えた。

第四話

入墨者

一

湯島の昌平坂学問所は、旗本や御家人の子弟の教育をする幕府直轄の学問所だった。

南町奉行所吟味方与力秋山久蔵の嫡男大助は、学問所での授業を終えて朋輩と弁当を食べて遊び、帰途についた。

神田川の流れには、午後の陽差しが映えていた。

大助は、書籍を包んだ風呂敷包みを手にして神田川沿いの道を昌平橋に向かった。そして、昌平橋を渡って八ッ小路に出た。

八ッ小路から日本橋を抜け、楓川を渡って八丁堀は岡崎町の屋敷に帰る。

大助には通い慣れた道筋だ。

男の怒声があがり、行き交う人々が怪訝そうに立ち止まった。

大助も立ち止まり、男の怒声の出処を探した。

二人の若侍と派手な半纏を着た男が、昌平橋の袂の木陰で商家の若旦那と娘を取り囲んでいた。

何だ……。

大助は、立ち止まった人々の背後から怪訝そうに覗いた。

「なあ、若旦那。どうしても嫌なら、若さまたちに金で勘弁して貰うしかありませんぜ」

派手な半纏を着た男は、薄笑いを浮かべて若旦那を脅した。

「は、はい……」

若旦那は、恐怖に震えた。

「その方が怪我もしねえし、お嬢さんも酷い目に遭わずに済むって奴ですよ」

派手な半纏を着た男は、脅し続けた。

強請だ……。

大助は、強請の場に出会（でくわ）したのだ。
どうする……。
止めに入るか……。
大助は迷い、躊躇った。
派手な半纏を着た男は、二人の若侍を〝若さまたち〟と呼んだ。
〝若さま〟と呼ばれた二十歳前後の若侍たちは、おそらく大身旗本の子弟なのだ。
どうする……。
大助は迷い続けた。
「さあ、さっさと金を出しな」
派手な半纏を着た男は、若旦那を促した。
「は、はい……」
若旦那は、懐から財布を出した。
拙（まず）い……。
大助は狼狽えた。
「いい加減にしな……」
手拭で頰被りをした若い人足が現れ、若旦那の財布を取り上げようとした派手な半纏を着た男を押し退けた。

「な、何しやがる……」

派手な半纏を着た男は驚き、二人の若侍は怒りを浮かべた。

「さっ、行きな……」

若い人足は、若旦那と娘に告げた。

「は、はい……」

若旦那は、娘を連れて足早に立ち去った。

娘のお付きの女中が慌てて続いた。

「待ちやがれ……」

派手な半纏を着た男が追い掛けようとした。

若い人足は、咄嗟に足を飛ばした。

派手な半纏を着た男は、若い人足の足に引っ掛かって倒れた。

「おのれ、下郎……」

二人の若侍は怒り、若い人足に襲い掛かった。

若い人足は、二人の若侍を殴り、蹴り飛ばした。

二人の若侍は、悲鳴をあげて呆気なく倒れた。

えっ……。

大助は、二人の若侍の余りの弱さに驚いた。

見ていた人々は呆れ、失笑して立ち去った。

「何をしている」

町奉行所の同心と岡っ引が駆け付けて来た。

「捕えろ。此の下郎を捕えろ」

若侍の一人が、若い人足を指差して叫んだ。

岡っ引は、慌てて若い人足を取り押さえた。

「離せ……」

若い人足は、岡っ引を振り払った。

「俺は旗本森山刑部(もりやまぎょうぶ)の倅だ。此奴がお店の若旦那を強請っていたので止めに入ったら暴れた。早々に捕えて牢屋敷に叩き込め」

若侍は、同心に怒鳴った。

違う……。

大助は思った。

「手前……」

同心は、若い人足に迫った。

「違う。強請ってたのはそっちだ。俺は止めただけだ」

「黙れ……」

同心は、若い人足の左手首を摑んだ。

「離してくれ」

若い人足は、振り解（ほど）こうと左手を動かした。

筒袖の捲れた左腕には、三分二筋の入墨（いれずみ）があった。

「手前、入墨者か……」

同心と岡っ引は、若い人足を見据えた。

「ああ……」

若い人足は、左腕の入墨を筒袖の下に隠した。入墨は正刑である敲（たたき）刑や追放刑の属刑であり、前科者の証であった。

二人の若侍と半纏の男は、若い人足に蔑みの眼を向けた。

入墨者……。

大助は戸惑った。

「名前は……」

同心は尋ねた。

「佐吉(さきち)……」

「よし。佐吉、大番屋で何処の若旦那を強請ったのか聞かせて貰うぜ」

「違う。強請ったのはそいつらだ……」

「煩せえ……」

同心は、若い人足の佐吉を十手で殴った。

佐吉は額から血を流し、悔しげに同心を睨み付けた。

岡っ引が、素早く佐吉に縄を打った。

「ち、違う……」

大助は思わず叫んだ。

同心、岡っ引、二人の旗本の倅と派手な半纏を着た男、そして若い人足の佐吉が、大助を見詰めた。

「違うと云ったのはお前さんかい……」

同心は、大助が元服前だとみて侮りを浮かべた。

「ええ。強請を働いていたのは、その者が云う通り、そちらの方々です」

大助は、二人の旗本の倅と派手な半纏を着た男を指差した。

「おのれ、小童(こわっぱ)……」

二人の旗本の倅は、怒りと怯えに震えた。

「そちらの方々がお店の若旦那たちに金を出せと強請っていた。私は見ました」

大助は、緊張に声を震わせながら云い放った。

「じゃあ訊くが、こちらの方々が強請っていたってお店の若旦那、何処にいるんだい」

同心は、侮りの薄笑いを大助に向けた。

「そ、それは、もう……」

大助は狼狽えた。

強請られていた商家の若旦那と娘は、佐吉に促されて既に立ち去っていた。

「いないのか……」

「え、ええ……」

大助は、苦しげに頷くしかなかった。

「だったら信じられねえな」

「そ、そんな……」

「ま、信じて欲しいなら、その若旦那を北町奉行所に連れて来るんだな。おい」

同心は、大助を冷たく一瞥し、岡っ引に佐吉を引き立てろと命じた。

「はい。行くぞ……」

岡っ引は、縛りあげた佐吉を押した。

佐吉は大助を一瞥し、同心と岡っ引に引き立てられて行った。

「入墨者だぞ。恐ろしい入墨者だ……」

二人の旗本の倅と派手な半纏を着た男は囃(はや)し立て、声をあげて笑いながら昌平橋を渡って行った。

大助は項垂れた。

間違いを正す事の出来なかった己を恥じ、無力さを思い知らされた。

「大助さま……」

柳橋の幸吉の声がした。

大助は振り返った。

柳橋の幸吉がいた。

「親分……」

大助は、恥ずかしげに俯いた。

「佐吉の強請、違うんですね」

幸吉は、下っ引の勇次と偶々通り掛かって強請騒ぎの場に大助がいるのを知った。そして、勇次に二人の旗本の倅と派手な半纏を着た男を追わせていた。

「ええ。お店の若旦那たちを強請っていたのは、旗本の倅たちの方で、佐吉は止めに入ったのです。俺、本当に見たんです。でも、信じて貰えませんでした……」

大助は不甲斐ない己を恥じ、悔しげに俯いた。

「そうですか。あの同心は北町奉行所の石原哲之助さまって旦那でしてね。あっしが大番屋に行って石原の旦那に話してみますよ」

「そうして下さい、親分。佐吉は悪くないんです。宜しくお願いします」

大助は、幸吉に頭を下げて頼んだ。

「出来るだけの事はしますよ。大助さまは御屋敷に戻って下さい」

「心得ました。じゃあ……」

大助は、幸吉に頭を下げて立ち去った。

幸吉は、微笑みを浮かべて見送った。

八丁堀の組屋敷街は夕陽に覆われた。

大助は、屈託ありげな面持ちで秋山屋敷の表門を潜った。

勿論、大助の屈託は無実の佐吉を助けられなかった事だった。

「お帰りなさい、大助さま……」

与平が、隠居所の傍に置かれた縁台に腰掛け、皺だらけの顔で笑い掛けていた。

「やあ、与平の爺ちゃん、只今もどりました。今日も変わりはなかったかい……」

「お陰さまで。大助さまは何か変わった事があったようですね」

与平は、大助に屈託があるのを一目で見抜いた。

「爺ちゃん……」

大助は戸惑った。

「与平は、大助さまが生まれてからずっと爺ちゃんですからね」

与平は、歯のない口で笑った。

「そうだね……」

大助は苦笑した。

「大助さま、困った事があれば旦那さまにお話しするのが一番ですよ」

与平は心配した。

「うん。分かっている」

大助は頷いた。

夜。

「大助さま……」

太市が、大助の部屋を訪れた。

「何です、太市さん……」

「柳橋の親分さんがお見えです」

「親分が……」

佐吉の事だ……。

大助は、読んでいた読本（よみほん）を閉じて立ち上がった。


柳橋の幸吉は、表門脇の門番小屋で茶を飲んでいた。

「親分……」

大助が、太市と一緒に入って来た。

「やあ。大助さま……」

「佐吉、どうなりました」

大助は、身を乗り出した。

「はい。石原の旦那に大助さまはあっしの知り合いで信用の出来る御方だと云いましてね。佐吉の放免を頼んだのですが、駄目でした」

幸吉は告げた。

「そうですか……」

大助は肩を落した。

「それで、強請られたお店の若旦那を二日の内に見付けるから、佐吉に手荒な真似をしないと約束して貰って来ましたよ」

幸吉は、北町奉行所同心の石原哲之助に大助が己の主筋に拘わりのある若者だと告げた。石原は、柳橋の幸吉が南町奉行所の吟味方与力の秋山久蔵と定町廻り同心の神崎和馬に手札を貰っているのを知っている。その幸吉の主筋となると秋山久蔵かもしれない。

石原は読み、怯えた。

幸吉は、強請られたお店の若旦那を捜して来るから、佐吉に手荒な真似をしないでくれと頼んだ。

幸吉の申し入れを下手に一蹴すれば、己の身に火の粉が降り掛かるかもしれない。

石原は、幸吉に二日の間に強請られたお店の若旦那を捜し出すように命じた。

「二日の間に強請られたお店の若旦那を捜すのですか……」

「ええ。若旦那の顔を知っているのは、大助さまだけです。どうします。やりますか……」

幸吉は、大助を見据えた。

「やります。此のままでは無実の佐吉が、入墨者と云うだけで酷い目に遭います。二日の間に若旦那を必ず捜し出します」

大助は頷いた。

「分かりました。じゃあ、柳橋も総掛りでいきますよ」

幸吉は微笑んだ。

燭台の火が微かな音を鳴らしていた。

「成る程、そう云う訳か……」

久蔵は苦笑した。

「はい。それで、柳橋の親分さんが秘かに旦那さまのお耳に入れておいてくれと……」

太市は、大助が旗本の倅たちの強請を目撃し、その罪を擦り付けられた入墨者の佐吉を助けようとして失敗した事と、柳橋の幸吉のその後の扱いを久蔵に報せた。

「うむ。俺は知らぬ顔を決め込むよ。して太市、その佐吉は何故、入墨者になったのか聞いたか……」

「はい。柳橋の親分の調べでは、三年前、佐吉が十七歳の時、病の母親の薬代欲しさと幼い弟妹に腹一杯飯を食わせてやりたい一心で盗みを働き、北町奉行所にお縄になっていたそうです」

「で、敲刑となり、入墨を入れられたか……」

久蔵は眉をひそめた。

「きっと……」

太市は頷いた。

「で、お店の若旦那たちを強請っていた旗本の倅たちってのは……」

「二人の内の一人は、森山刑部の倅だと名乗ったそうですが、今、勇次さんたちが詳しく調べているそうです」

「そうか。おそらく、その三人、強請集(たか)りは初めてではあるまい」

久蔵は睨んだ。

「はい。柳橋の親分もそう睨んでいます」

「そうか……」

「旦那さま、大助さまに御助言は……」

「いや。幸吉たちと太市が付いていてくれれば安心だ。宜しく頼む」

「心得ました。では……」

太市は、久蔵の座敷から引き取った。

「大助がな……」

久蔵は微笑んだ。

二

神田明神門前町の盛り場は賑わっていた。

下っ引の勇次は、強請を働いた旗本森山刑部の倅たちと派手な半纏を着た男を追った。

三人は、盛り場の外れにある飲み屋で酒を飲み始めた。

勇次は、門前町の木戸番に柳橋の船宿『笹舟』に走って貰い、新八を呼んだ。

勇次と新八は、二人の旗本の倅たちと派手な半纏を着た男の名と身許を調べた。

森山清次郎と西尾辰之助、そして遊び人の紋次……。

勇次と新八は、飲み屋の客として三人の傍で酒を飲みながら会話を聞き、店の者や他の客にそれとなく聞き込みを掛けた。そして、三人の名前を割り出し、尾行して住まいを突き止めた。

森山清次郎は本郷春木町に屋敷を構える旗本森山刑部の二十歳になる次男であり、西尾辰之助は本郷金助町に住む旗本西尾惣兵衛の三男だった。そして、遊び人の紋次は妻恋稲荷の裏の町の裏長屋に住んでいた。

三人の頭分は森山清次郎……。

勇次はそう見極め、新八と本郷春木町の森山屋敷の見張りについた。


捜す日切りは明後日……。

幸吉は、大助の証言を元に強請られていたお店の若旦那の似顔絵を作った。そして、雲海坊、由松、清吉たちと内神田、日本橋、浜町堀など昌平橋の南側一帯の町々に若旦那を捜し始めた。

大助は、若旦那が再び昌平橋を通ると睨み、南の袂に佇んだ。

昌平橋は神田川に架かり、神田八ッ小路と明神下の通りを結んでおり、多くの人が行き交っていた。

大助は、行き交う多くの人たちの中に若旦那を捜した。だが、若旦那が通り掛かる事はなかった。

三年前、父親を亡くした佐吉は、病の母親の薬代欲しさと幼い弟妹に腹一杯飯を食わせてやりたい一心で盗みを働き、お縄になって入墨者になった。

大助は、幸吉から佐吉が入墨者になった理由を聞いた。

気の毒に……。

大助は、佐吉に同情した。

一刻も早く、無実の佐吉を放免させなければならない。

それが俺の務めなのだ……。

大助は誓った。

昌平橋には多くの人が行き交った。

本郷春木町の森山屋敷の主の刑部は、吝嗇家の噂があった。

部屋住みの清次郎は、小遣に困って強請を働いているのかもしれない。

勇次と新八はそう睨み、物陰に潜んで清次郎が動くのを待った。

「兄貴……」

新八は、西尾辰之助と紋次がやって来るのに気が付いた。

「迎えに来たのかな……」

勇次は、清次郎が辰之助や紋次と出掛けると読んだ。

僅かな刻が過ぎ、清次郎は読み通り辰之助や紋次と出掛けた。

勇次と新八は、尾行を開始した。


清次郎、辰之助、紋次は、湯島天神門前町を横切り、妻恋坂から明神下の通りに出て昌平橋に向かった。

勇次と新八は、物陰伝いに追った。

清次郎、辰之助、紋次は、昌平橋の北詰に立ち止まった。そして、紋次が南詰の袂を指差し、清次郎と辰之助に何事かを告げていた。

「何してんですかね……」

新八は眉をひそめた。

勇次は、紋次が指差した昌平橋の南の袂を窺った。

南の袂には、大助が佇んでいた。

「大助さまだ……」

「大助さま……」

「ああ。きっと強請られた若旦那が又通ると睨み、来るのを待っているんだ」

勇次は読んだ。

「そうか。それにしても、彼奴ら何を企んでいるんですかね」

「うん……」

勇次と新八は、清次郎、辰之助、紋次を見張った。


若旦那は通らない……。

大助は、行き交う人たちの中に強請られていた若旦那を捜し続けた。

森山清次郎と西尾辰之助が、紋次を先頭にして昌平橋を渡って来た。

大助は気が付き、緊張した。

「何をしている」

清次郎は、薄笑いを浮かべた。

辰之助と紋次は、大助の背後に廻った。

「別に……」

大助は身構えた。

「昨日はよくも余計な事を云ってくれたな」

清次郎は凄んだ。

「俺は見た事を云っただけだ」

大助は、負けずに清次郎を睨み付けた。

「黙れ。前髪の分際で一人前の事を抜かすな。お前、名は何と云うのだ……」

「秋山大助だ……」

「そうか。秋山大助か……」

清次郎は、大助に侮りと嘲りを浴びせた。

刹那、背後に廻った辰之助が大助を蹴飛ばした。

大助は、清次郎に向かって前のめりに飛ばされた。

清次郎は、飛ばされて来た大助を捕まえて殴り付けた。

大助は、地面に倒れ込んだ。

「野郎……」

勇次と新八は、駆け寄ろうとした。

「勇次、新八……」

背後から厳しい声が飛んだ。

勇次と新八は振り返った。

久蔵が塗笠を目深に被り、着流し姿でいた。

「秋山さま……」

勇次は戸惑った。

「未だ手出しはするな」

「ですが、年上の癖に一対三です。此のままじゃあ……」

新八は心配した。

「新八、俺は大助をそんな柔には育てちゃあいない」

久蔵は笑みを浮かべた。

大助は、血の混じった唾を吐いて立ち上がった。

「どうした、参ったか……」

清次郎はせせら笑った。

次の瞬間、大助は清次郎の股間を鋭く蹴り上げた。

清次郎は潰れた様な声をあげて倒れ、白目を剝いて無様に踠いた。

辰之助と紋次は驚いた。

大助は辰之助に飛び掛かり、その腕を取って投げを打った。

辰之助は、大きく弧を描いて地面に叩き付けられ、土埃をあげた。

紋次は、慌てて逃げようとした。

大助は、紋次の襟首を鷲摑みにして引き戻した。紋次は、仰向けに倒れて亀のように手足をばたつかせた。

大助は、紋次を蹴り上げた。

紋次は悲鳴をあげた。


勇次と新八は驚いた。

「大助の奴、何処で覚えたのか、けっこう喧嘩慣れしていやがる」

久蔵は苦笑した。

「秋山さま……」

勇次が、辰之助が刀を抜いたのを示した。

「馬鹿が。勇次、新八、呼子笛だ」

久蔵は命じた。

勇次と新八は、呼子笛を吹き鳴らした。

呼子笛の音は甲高く鳴り響いた。

大助は、戸惑いを浮かべて辺りを見廻した。

辰之助と紋次は、慌てて清次郎を助け起こして昌平橋に逃げた。

「新八……」

勇次は、追えと命じた。

「合点です」

新八は追った。

「勇次。これで遺恨を買った、気を付けろと、大助にな……」

久蔵は、己の名を出さないで大助に告げるように頼んだ。

「承知しました」

「じゃあな……」

久蔵は踵を返した。

勇次は見送った。


「大助さま……」

勇次は、大助に駆け寄った。

「あっ、勇次さんだったのか、呼子笛を吹いてくれたのは……」

大助は笑った。

「ちょいとお待ち下さい」

勇次は、昌平橋の下の船着場に降り、手拭を濡らして絞って来た。

「さあ、此で顔を……」

「すみません……」

大助は、濡れ手拭で汚れた顔を拭い、着物の土埃を払い落した。

「何処迄も卑怯な奴らですね」

「ええ……」

「ま、此で恨みを買いましたね。何処で何が起きるか、油断しちゃあいけませんぜ」

勇次は、厳しい面持ちで告げた。

「心得ました……」

大助は頷いた。

「それにしても、通りませんか、若旦那……」

勇次は、行き交う人々を眺めた。

「ええ。でも、未だ未だ此からです」

大助は疲れも見せず、張り切って若旦那を捜した。

勇次は微笑んだ。


雲海坊、由松、清吉は内神田、日本橋、浜町堀一帯の町々の自身番の者や木戸番に、強請られていた若旦那の似顔絵を見せて歩いた。だが、強請られていた若旦那は、容易に見付けられなかった。


南茅場町の大番屋の牢は薄暗く、冷えた空気が澱(よど)んでいた。

佐吉は、膝を抱えて壁に寄り掛かり、天井の角に巣を作る蜘蛛(くも)を見詰めていた。

「佐吉……」

柳橋の幸吉が、牢格子の向こうの鞘土間にいた。

「えっ……」

佐吉は、幸吉に怪訝な眼を向けた。

「俺は柳橋の幸吉って者だ……」

幸吉は、佐吉に懐の十手を見せた。

「は、はい……」

佐吉は、幸吉が岡っ引だと知って警戒を浮かべた。

「昨日、強請られていたお店の若旦那、何処の誰か知っているか……」

「昨日の若旦那ですか……」

「ああ。若旦那が誰に強請られていたのか話せば、お前の疑いは晴れる。どうだ、若旦那が何処の誰か……」

「知りません……」

佐吉は、悔しさを滲ませた。

「知らないか……」

「はい……」

「じゃあ、一緒にいたお嬢さんはどうだ……」

「お嬢さん……」

「うむ。一緒にいたお嬢さんにも心当たりはないのかな……」

「はい……」

佐吉は頷いた。

「そうか……」

「お、親分さん……」

「なんだ……」

「どうして……」

佐吉は、戸惑いを浮かべた。

「お前は強請を働いたんじゃあなくて、止めに入っただけだと云っている人がいてな」

「前髪のお侍ですか……」

佐吉は、大助を覚えていた。

「ああ。今、あの方はお前の無実をはっきりさせる為、朝から昌平橋で強請られていた若旦那たちを捜している」

幸吉は告げた。

「そ、そんな。あっしは入墨者ですよ」

佐吉は、驚きと卑屈さをみせた。

「だからどうした。入墨は罪を償った証。今を真っ当に暮らしていればいいじゃあないか」

幸吉は、事も無げに云い放った。

「えっ……」

佐吉は困惑した。

「佐吉、世の中にはそんな人もいるんだよ」

幸吉は笑った。

「はい……」

佐吉は、釣られたように笑みを浮かべた。

「佐吉、強請られていた若旦那や一緒にいたお嬢さんの事で何か思い出したら、牢番の忠助さんに報せな。そうすれば、俺の耳に入る」

幸吉は、予てから昵懇にしている大番屋の牢番の忠助の名を教えた。

「はい……」

佐吉は頷いた。

湯島天神男坂を下りた処に潰れた一膳飯屋があった。

新八は、物陰に潜んで見張った。

森山清次郎、西尾辰之助、紋次は、大助に痛め付けられて逃げ、湯島天神男坂の下の潰れた一膳飯屋に駆け込んだ。

新八は見届け、周囲に聞き込みを掛けた。

潰れた一膳飯屋は空き家となり、今は数人の食詰め浪人たちが屯していた。

清次郎、辰之助、紋次は、駆け込んだまま出て来なかった。

一膳飯屋で何をしているのか……。

新八は、斜向かいの路地から見張った。

勇次がやって来た。

「勇次の兄貴……」

新八は、路地から声を掛けた。

「おお、此処にいたか……」

勇次は、昌平橋を渡ってから自身番の者や木戸番に新八を見なかったかと尋ね、その後を追って来たのだ。

「で、清次郎たちは何処だ……」

勇次は、新八のいる路地に入って来て辺りを窺った。

「あの潰れた一膳飯屋に入ったままです」

新八は、斜向かいの潰れた一膳飯屋を示した。

「で、誰が住んでいるんだ」

「空き家だったのですが、いつの間にか食い詰め浪人たちが住み着き、昼間から酒を飲んだり博奕をしたりしているそうですよ」

新八は、聞き込んだ事を報せた。

「そんな処に入ったままか……」

「ええ……」

「野郎共、今度は何を企んでいるのか……」

勇次は、厳しい面持ちで潰れた一膳飯屋を眺めた。

三

「太市……」

与平は、秋山屋敷の門番小屋にいた太市の処にやって来た。

「何です、与平さん……」

「うん。大助さまに何があったんだい」

与平は、老いた顔に不安を浮かべていた。

「与平さん……」

「昨夜遅く、柳橋の幸吉親分が来ていたな」

「は、はい……」

与平は、大助の身に何かが起こったと思い不安に駆られていた。

「何があった……」

与平は、太市に厳しい眼を向けた。

「与平さん……」

太市は戸惑った。

「もう何の役にも立たない俺だが、もし、大助さまがお困りなら、俺が身代りにでも何にでもなる。そうしなかったら、あの世に行った時、お福に怒られる。太市、教えてくれ」

与平は、いつもとは別人のような勢いで話し、太市に頭を下げた。

「分かりました、与平さん……」

　太市は、与平に事の次第を話して聞かせた。

「それで太市。大助さまは、強請られていた若旦那を捜しているのか……」

　与平は白髪眉をひそめた。

「ええ……」

「太市、もしそれで、大助さまが強請を働いていた奴らの恨みを買ったらどうなる」

「恨みですか……」

「ああ。太市、御屋敷の仕事は俺がやる。お前は直ぐに大助さまのお手伝いに行きな」

　与平は、心持ち腰を伸ばして命じた。

「えっ、良いんですかい」

　太市は戸惑った。

「ああ。大助さまの一大事だ」

「は、はい……」

　太市は苦笑した。

陽は西の空に沈み始めた。

大助は、昌平橋の南の袂に佇んで若旦那の通るのを待ち続けた。

柳橋の幸吉は、雲海坊、由松、清吉の処に戻り、若旦那捜しに加わった。

強請られた若旦那たちは、杳として見つからなかった。


潰れた一膳飯屋の腰高障子が、がたがたと音を立てて開いた。

勇次と新八は、路地に潜んで見守った。

紋次と二人の食い詰め浪人が、潰れた一膳飯屋から出て来て明神下の通りに向かった。

「野郎、大助さまに闇討ちを仕掛ける気かもしれない……」

勇次は読んだ。

「ええ。で、森山清次郎と西尾辰之助はどうしますか……」

新八は迷った。

「名前も屋敷も割れている。今は食い詰め浪人と紋次だ」

勇次は決めた。

「承知……」

新八は頷き、勇次と共に紋次と食い詰め浪人たちを追った。

黄昏時が訪れ、神田川に架かっている昌平橋を行き交う人も減った。

今日は此迄だ……。

大助は、緊張を解いて吐息を洩らした。

八ッ小路は薄暗くなり、夜鳴蕎麦屋が片隅に置いた屋台に明かりを灯した。

大助は、八丁堀岡崎町の屋敷に向かって歩き始めた。

紋次と二人の食い詰め浪人が、昌平橋を渡って大助を追った。

「やっぱり、大助さまを闇討ちする気だ」

勇次は、懐の十手を握った。

「汚ねえ真似をしやがる……」

新八は、萬力鎖を出した。

大助は、八ッ小路から日本橋に続く通りに向かった。

紋次と二人の食い詰め浪人は、大助を追った。

勇次と新八は、いつでも駆け付けられるように距離を詰めた。

誰かが見ている……。

大助は、背中に誰かの視線を感じた。

「此で恨みを買いましたね。何処で何が起きるか、油断しちゃあいけませんぜ……」

大助は、勇次の言葉を思い出し、歩きながら背後を窺った。

三人の男が、背後からやって来ていた。

勇次さんの言う通りだ……。

大助は緊張した。

彼奴らに頼まれて闇討ちを仕掛けて来る気か……。

大助は読んだ。

斬り合うのか……。

大助は、心形刀流の道場や父親の久蔵に付いて剣を修業しているが、未だ嘗て斬り合いをした事がなく、僅かに身震いした。

どうする……。

大助は、困惑と恐怖を覚えた。

通りを行き交う人は減った。

逃げる……。

大助は、不意に思い付いた。

尾行を撒いて逃げれば良い……。

足には自信がある。

大助は決め、歩きながら袴の股立(ももだ)ちを取った。

三人の男は、足取りを速めた。

刹那、大助は傍らの路地に飛び込んだ。

紋次と二人の食い詰め浪人は、慌てて大助の入った路地に向かった。

紋次と二人の食い詰め浪人は、大助を追って路地に駆け込もうとした。

勇次と新八は走った。


「火事だ……」

不意に男の叫び声があがった。

「食い詰め浪人が付け火をしたぞ。火事だ」

男の叫び声は続いた。

二人の食い詰め浪人と紋次は狼狽えた。

勇次と新八は、慌てて物陰に隠れた。

「火事だ。付け火だ……」

叫び声は続き、町の人々が辺りを見廻しながら家から出て来た。

「兄貴……」

新八は戸惑った。

「太市の声だ……」

勇次は、叫び声の主が太市だと気が付いた。

「太市さん……」

「ああ……」

太市は、姿を隠して大助を見守っていたのだ。

「よし。俺たちも騒ぎ立てるぜ。付け火をしたのは二人の食い詰め浪人だ」

人は〝人殺し〟と聞いて身を縮めるが、〝火事〟だと聞けば飛び出して来る。

「火事だ。付け火だ。食い詰め浪人と遊び人が火を付けたぞ」

「火事だ……」

勇次と新八は騒ぎ立てた。

二人の食い詰め浪人と紋次は、次々と出て来る町の人々に慌てて神田八ッ小路に戻り始めた。

勇次と新八は追った。

暗がりから太市が現れ、笑みを浮かべて見送った。


大助は走った。

追って来る者がどうしたかも見定めず、路地と裏通りを猛然と走った。

必ず撒いてやる……。

大助は走り続け、西堀留川に架かっている雲母橋(きらずばし)の袂に出た。

「雲母橋か……」

大助は、雲母橋の欄干に両手を突いて息を激しく弾ませ、背後の暗がりに三人の男の姿を捜した。だが、背後の暗がりに三人の男の姿はなかった。

大助は辺りを窺った。

何処にも人影はない。

撒いた……。

大助は、追手を撒いて逃げ切ったのを見定めた。

見定めて安心した途端、腹の虫が目を覚まして鳴いた。

腹が減った……。

大助は息を整え、雲母橋を渡って日本橋川に架かっている江戸橋に向かった。

江戸橋で日本橋川を越え、楓川に架かっている海賊橋を渡ると八丁堀だ。

大助は、腹を減らして家路を急いだ。


燭台の明かりは、久蔵と香織を仄かに照らしていた。

「して、大助がどうかしたのか……」

久蔵は、香織が持って来た茶を飲んだ。

「それが、口元に怪我をし、着物の肩口が僅かに引き裂かれていましてね。小春は学問所で喧嘩をして負けて帰って来たんだと……」

香織は、心配げに眉をひそめた。

「大助は何と云っているのだ」

「それが、どうしたのだと訊いても何も云わず、晩御飯を食べて部屋に引き取り、寝てしまったようでして……」

香織は困惑した。

「ま、大助の年頃はそんなもんだ」

久蔵は苦笑した。

「旦那さま……」

香織は、苛立ちを滲ませた。

「香織、喧嘩なんぞは良くある事だ。心配はあるまい」

久蔵は、昌平橋の袂で森山清次郎たちを叩きのめした大助を思い浮かべた。

「良くある事だなどと。大怪我をしたら如何致します」

香織は、母親らしい不満を滲ませた。

「う、うむ。そうだな……」

下手に逆らわぬ方が良い。

久蔵は、大助が今何をしているのか香織に教えなかった。

教えて心配を募らせるのを恐れた。

「旦那さまも大助に厳しく云って下さい。喧嘩はするなと……」

香織は頼んだ。

「分かった」

久蔵は頷いた。

「そうですか。では……」

香織は出て行こうとした。

「香織、太市を呼んでくれ……」

久蔵は頼んだ。


「旦那さま、太市にございます」

障子の外に太市がやって来た。

「おう、入ってくれ」

「お邪魔します」

太市が入って来た。

「大助に何があったか知っているか……」

「はい。大助さまは逃げました」

太市は微笑んだ。

「逃げた……」

久蔵は眉をひそめた。

「はい……」

「仔細を聞かせてくれ」

「実は与平さんが心配して……」

太市は、事の次第を詳しく話した。

「それで大助、浪人たちから逃げたのか……」

「左様にございます。おそらく浪人共は、旗本の倅に金で雇われた刺客。ま、手前と勇次さんたちが秘かに見守っていたので、そのままでも斬り合いにはならなかったと思いますが、いきなり逃げるとは流石に大助さまです」

太市は、逃げた大助を誉めた。

「うむ。子供の割には中々の見極めだ」

久蔵は、斬り合いを避けた大助に感心した。

「はい……」

「そうか、大助は逃げたか……」

久蔵は、満足げに頷いた。


日切りは今日一日……。

大助は昌平橋の袂に佇み、柳橋の幸吉たちは似顔絵を手にして若旦那を捜し続けた。そして、勇次と新八は森山清次郎を見張った。

強請られていた若旦那を捜す猶予は今日一日……。

見付けられなければ、北町奉行所定町廻り同心の石原哲之助は、佐吉を強請と狼藉を働いた疑いで容赦なく責め立てる筈だ。そこには、入墨者だからやったという先入観と容赦は無用との思いがある。

無実の佐吉をそんな酷い目に遭わせてはならない……。

大助は、焦りを覚えた。

昌平橋には多くの人が行き交った。


「見覚えがある……」

由松は眼を輝かせた。

「ああ。何処かで見た顔だ」

日本橋平松町の老木戸番の善八は、由松に渡された似顔絵を見直した。

「で、善八の父っつぁん、此の若旦那は何処の誰だい」

由松は畳み掛けた。

「そいつが何処の誰だったか、思い出せねえんだな」

善八は白髪眉をひそめた。

「頼むぜ、善八の父っつぁん。何とか思い出してくれ」

由松は頼んだ。

「ああ、分かっている。何処の誰だったかなあ……」

善八は、似顔絵を眺めた。

「善八の父っつぁん、見覚えがあるのに間違いはないんだな」

「ああ。時々、此処を通るからな……」

「じゃあ、此の界隈のお店の若旦那の筈だ。何とか思い出してくれねえかな」

「此の界隈のお店の若旦那ねえ……」

善八は、眉をひそめて似顔絵を見続けた。

由松は、善八が思い出すのを待つしかなかった。

「ああ、そうか……」

善八は、不意に手を打った。

「思い出したか……」

由松は身を乗り出した。

「ああ。思い出した」

善八は頷いた。

「じゃあ、何処のお店の若旦那だい……」

「知らねえ……」

善八は云い放った。

「し、知らねえだと……」

由松は、呆気に取られた。

「ああ。だけど時々、此処を通る奴でな。顔は覚えている」

「どう云う事だい……」

由松は眉をひそめた。

「由松の兄い。此の似顔絵の若旦那は、此の先にある香風堂って茶道具屋のお嬢さんの許嫁で、時々訪ねて来ているんだよ」

善八は笑った。

似顔絵の若旦那は、茶道具屋『香風堂』の娘の許嫁……。

由松は知った。

「で、香風堂のお嬢さんの名前は……」

由松は、茶道具屋『香風堂』に向かった。

とにかく、若旦那の名前と身許だ。

若旦那が強請られた時、一緒にいた娘がおくみなのかもしれない。

「おくみさんか……」

善八は、老顔を綻ばせた。

「おくみさんだよ」

四

茶道具屋『香風堂』は、落ち着いた店構えの老舗だった。

由松は、老番頭に似顔絵を見せた。

「ああ。此の御方は……」

老番頭は、似顔絵を見詰めた。

「此方のお嬢さまの許嫁の若旦那に似ていると聞いて来たんですが……」

「えっ、まあ。して、此の似顔絵の者は何をしたのですか……」

老番頭は、不安を浮かべた。

「いえ。悪事を働いたんじゃありません。安心して下さい」

由松は笑った。

「そうですか。確かに此の似顔絵は、お嬢さまの許嫁の吉野屋の若旦那、文助さんです」

老番頭は告げた。

「吉野屋の若旦那の文助さん……」

辿り着いた……。

由松は、漸く似顔絵に描かれた若旦那に辿り着いた。


何処にいるんだ、あの若旦那は……。

昌平橋の袂に佇む大助は、通り掛からない若旦那に苛立っていた。

「大助さま……」

清吉が駆け寄って来た。

「どうしました。清吉さん……」

「似顔絵の若旦那を見付けましたよ」

「見付けましたか……」

大助は喜んだ。

「はい。由松さんが……」

「そうですか、見付けましたか……」

大助は、張り詰めていた緊張が解かれたのか、思わずその場に座り込んだ。

「大丈夫ですか……」

清吉は心配した。

「なんだか、ほっとして。大丈夫です」

大助は立ち上がった。

「で、親分が面通しをして欲しいと……」

「心得ました。場所は何処です……」

「はい。日本橋は平松町です」

清吉は告げた。

「日本橋の平松町……」

大助は、猛然と走り出した。

清吉は、慌てて続いた。

神田八ッ小路から日本橋迄、大助は人通りの少ない裏通りを猛然と走った。そして、日本橋を渡って平松町に進んだ。

「大助さま……」

大助が日本橋平松町の木戸番屋の前に差し掛かった時、柳橋の幸吉が呼び止めた。

「親分……」

大助は、木戸番屋にいる幸吉と由松に気が付いた。

「御苦労さまです」

「いえ。由松さん、見付けたそうですね」

「そいつは、大助さまが見定めてからですよ」

由松は笑った。

「で、清吉は……」

幸吉は眉をひそめた。

「あれ、一緒に来たのですが……」

大助は、怪訝な面持ちで振り返った。

清吉が、走って来るのが見えた。

「あっ、今来ます」

大助は笑った。

幸吉と由松は苦笑した。

「で、若旦那は……」

「そいつなんですがね……」

由松は、若旦那が本石町の紙問屋『吉野屋』の文助であり、今日は許嫁の茶道具屋『香風堂』の娘おくみの許に遊びに来る事になっていると告げた。

「で、文助は来ているんですか……」

「ええ。さっき来たようです」

「そうですか……」

「じゃあ大助さま、行きますか……」

幸吉は促した。

「はい……」

大助は、緊張に喉を鳴らした。

幸吉は、駆け付けて来た清吉を木戸番屋に待たせ、大助と由松を伴って茶道具屋『香風堂』に向かった。

茶道具屋『香風堂』の奥座敷は、日本橋の通りの賑わいにも拘わらず静かだった。

大助は、幸吉や由松と奥座敷に通された。

奥座敷には、茶道具屋『香風堂』主の久作(きゅうさく)が、娘のおくみと似顔絵にそっくりな若旦那の文助といた。

「おっ……」

大助は、文助が強請られた若旦那だと見定めた。

文助は思わず怯んだ。

「大助さま……」

「親分、間違いない」

大助は、嬉しげに笑った。

「此は柳橋の幸吉親分さんですか。手前は香風堂の主の久作、此なるは娘のおくみ。それにおくみの許嫁の紙問屋吉野屋の文助さんですが、今日はどのような……」

久作は、娘のおくみと文助を引き合わせた。

「そいつは御丁寧に。あっしはお上の御用を承っている柳橋の幸吉、それに由松、それから秋山大助さまにございます」

「文助さん、おぬし、一昨日の昼間、昌平橋の袂で二人の若い侍と遊び人に強請られたな」

大助は、文助を見詰めた。

「は、はい。左様にございますが……」

文助は、おくみと顔を見合わせて戸惑いを浮かべた。

「で、若い人足が止めに入り、助けてくれた」

「はい。お陰さまで助かりました」

文助は、感謝の面持ちで頷いた。

「大助さま……」

幸吉と由松は笑みを浮かべた。

大助と佐吉の云っている事は正しかった。

「はい……」

大助は、嬉しげに頷いた。

「親分さん、どう云う事でしょうか……」

久作は、怪訝な眼を向けた。

「実は旦那さま、若旦那とお嬢さまを強請った若い侍たちは、お旗本の部屋住みでしてね。自分たちの強請の罪を若い人足に擦り付け、駆け付けた同心の旦那に訴えたのです……」

「それはそれは……」

久作は眉をひそめた。

「それで、見ていたこちらの秋山大助さまが違う、強請を働いたのは若い侍の方だと訴えたのですが、若い人足は佐吉と云う入墨者でしてね」

「入墨者……」

久作と文助は、微かな嫌悪を滲ませた。

「はい。それで信じて貰えず、此のままでは強請の罪で御仕置を受ける事になります。それで、大助さまは強請られた者が本当の事を証言すれば良いのだと、若旦那の文助さんをずっと捜していたのです」

幸吉は教えた。

「文助さん、強請ったのは人足の佐吉ではなく、若い侍たちだと証言してくれますね」

大助は、文助に笑い掛けた。

「そ、それは……」

文助は、迷いと躊躇いを交錯させた。

「文助さん……」

大助は戸惑い、幸吉と由松は眉をひそめた。

「し、知りません。私は何も知りません」

文助は、嗄れ声を震わせた。

「えっ……」

大助、幸吉、由松は戸惑った。

「それは、証言出来ないと云う事ですか……」

大助は困惑した。

「はい。相手はお旗本。入墨者を助ける為に恨みを買うような真似は……」

文助は、保身に走った。

「文助さん、佐吉さんはその昔、病の母親の薬代欲しさと幼い弟妹に飯を腹一杯食べさせてやりたい一心で盗みを働き、お縄になって入墨者になったんです。入墨は前科者の証かもしれないが、罪を償った証でもあるんです。お願いです。どうか、どうか無実の佐吉の為に証言して下さい。此の通り、お願いです」

大助は、文助に両手をついて頭を深々と下げて頼んだ。

「大助さま……」

由松は、思わず声を掛けた。

「証言します」

おくみが不意に云った。

大助、幸吉、由松、久作、文助がおくみを見詰めた。

「私が、若いお侍に強請られていたのを、人足の佐吉さんが助けてくれたと証言します」

おくみは云い切った。

「おくみちゃん……」

文助は狼狽えた。

「おくみさん、証言してくれるのか……」

大助は念を押した。

「はい……」

おくみは頷いた。

「おくみ……」

久作は、おくみを見据えた。

「お父っつぁん、私たちが証言しないで佐吉さんが無実の罪で酷い目に遭えば、私はきっと悔み、後ろめたい思いで此からの毎日を暮らすでしょう。ですから証言します」

おくみは、父親の久作に微笑んだ。

「そうか……」

久作は頷いた。

文助は項垂れた。

「おくみさん、此で佐吉の無実が証明されます。ありがとうございます」

大助は、おくみに頭を下げて礼を述べた。

「処で柳橋の親分さん……」

久作は、微かな不安を過ぎらせた。

「旦那さま、大助さまは南町奉行所吟味方与力の秋山久蔵さまの御子息でして……」

「秋山久蔵さまの……」

久作は、久蔵の名と評判を知っていた。

「はい。ですから後の事は御心配なく……」

幸吉は、笑みを浮かべて久作を安心させた。

「そうですか、秋山さまの……」

久作は、大助を見詰めて安堵を浮かべた。

庭に差し込む陽差しは赤味を帯びた。

「良かった。日切りには、充分に間に合いますね」

大助は、楽しげに笑った。


幸吉は、大助や由松と平松町の木戸番屋に戻った。

木戸番屋には、待たせて置いた清吉と新八がいた。

「おう。どうした、新八……」

「はい。親分、森山清次郎たちが懲りずに大助さまの闇討ちを企んでいるようです」

新八は報せた。

「何だと……」

幸吉は眉をひそめた。

「勇次の兄貴は、おそらく夕暮れ時に大助さまを襲う手筈だろうと……」

「おのれ……」

大助は、佐吉の無実を証明する目処が付いたからか、勢い込んだ。

「どうします、親分……」

由松は眉をひそめた。

「うん。先手を打って強請と闇討ちの罪でお縄にするのが一番だな」

「ええ……」

由松は頷いた。

「よし。新八、奴らは何処にいる」

幸吉は尋ねた。

「湯島天神男坂下の潰れた一膳飯屋に。勇次の兄貴が見張っています……」

「人数は……」

「森山清次郎に西尾辰之助、紋次、それに浪人が一人増えて三人。〆て六人です」

「よし。由松、神崎の旦那に事の次第をお報せして、潰れた一膳飯屋に来て貰うんだ」

「承知……」

「それから忘れずにな……」

幸吉は、由松に意味ありげに笑い掛けた。

「はい……」

由松は頷き、南町奉行所に急いだ。

「じゃあ、湯島天神男坂の下に行くぜ」

「はい……」

新八と清吉は頷いた。

大助は張り切った。

「親分、俺も行きます」

「大助さま、此奴はお上の捕物ですよ」

「ですが親分、奴らは俺の闇討ちを企んでいるんです。黙っている訳にはいきません」

大助は、怒りを滲ませた。

尤もな話だ……。

「分かりました。良いでしょう」

幸吉は苦笑し、新八と清吉、そして大助を伴って湯島天神男坂下の潰れた一膳飯屋に向かった。


湯島天神男坂下の潰れた一膳飯屋は夕陽に照らされていた。

柳橋の幸吉は、清吉と大助、途中で合流した雲海坊と一膳飯屋の表を見張った。

勇次と新八は、裏手に廻っていた。

大助は、落ちていた棒切れを拾って木刀代わりに振るっていた。

「親分……」

由松が、南町奉行所定町廻り同心の神崎和馬とやって来た。

「こりゃあ神崎の旦那……」

「やあ。親分、話は由松に聞いた。あの一膳飯屋か……」

「はい、勇次と新八が裏を押さえています」

「うむ。で、何人だ」

「旗本の部屋住みが二人に遊び人、食い詰め浪人が三人の六人……」

「こっちは、勇次と新八を入れて七人か……」

和馬は、幸吉たちを見廻して大助に笑い掛けた。

「やあ、大助さま……」

「神崎さま、俺もやりますよ」

大助は、勢い良く棒切れを唸らせた。

「そいつは構わないが、みんなの邪魔になったり、怪我をしないように頼みますよ」

「多少の怪我は覚悟の上です……」

「ま、大助さまは覚悟の上で良いでしょうが、私や親分たちは迷惑なだけです」

和馬は厳しく告げた。

「わ、分かりました……」

大助は、多少の怪我でも和馬や幸吉たちの迷惑になるのに気が付いた。

「よし。聞く処によると、二人の旗本の倅は大した腕じゃあないそうだが、食い詰め浪人の腕は分からない。充分に気を付けるんだ」

「いいな、みんな……」

幸吉は、十手を握り締めた。

雲海坊は錫杖、由松は角手(かくて)と鉄拳、清吉は鼻捻(はなねじ)を握り締めた。そして、大助は刀の下げ緒で襷をして袴の股立ちを取り、棒切れを唸らせた。
「よし。行くぞ……」
和馬は、潰れた一膳飯屋に近寄って腰高障子を蹴倒した。
大助は棒切れを構え、雄叫びをあげて猛然と踏み込んだ。
和馬、幸吉、雲海坊、由松、清吉が続いた。
勇次と新八が裏から踏み込んだ。
怒声と悲鳴があがり、潰れた一膳飯屋は激しく揺れた。
「待て、森山清次郎……」
大助の怒声が響いた。
森山清次郎が、棒切れを翳した大助に追われて逃げ出して来た。
塗笠を被った着流しの久蔵が現れ、清次郎の前に立ちはだかった。
「邪魔だ。退け……」
清次郎は顔を引き攣らせて怒鳴り、久蔵に斬り掛かった。
久蔵は、斬り掛かった清次郎の腕を取って投げを打った。
清次郎は、地面に激しく叩き付けられて苦しく呻いた。
太市が、清次郎の刀を奪って素早く縄を打った。

「父上、太市さん……」

清次郎を追って出て来た大助は、戸惑ったように笑った。

「行け、大助……」

久蔵は促した。

「はい」

大助は棒切れを構え、雄叫びをあげて再び潰れた一膳飯屋に飛び込んで行った。

久蔵は、秘かに由松の報せを受け、太市を従えて来ていた。

「旦那さま……」

太市は、飛び込んで行く大助に眼を細めた。

「ああ。大助の奴、生き生きとしていやがる」

久蔵は苦笑した。

男たちの怒声が交錯し、潰れた一膳飯屋は激しく揺れ続けた。

夕陽は沈む……。

森山清次郎、西尾辰之助、紋次たちの強請は、茶道具屋『香風堂』の娘おくみの証言で裏付けられた。

久蔵は、森山清次郎と西尾辰之助の悪事を目付の榊原采女正に報せた。

旗本の森山家と西尾家は、清次郎と辰之助を逸早く勘当した。

森山清次郎と西尾辰之助は浪人にされ、紋次と共に強請と大助闇討ちを企てた罪で、三人の食い詰め浪人は荷担した罪で裁きを受ける事になった。

人足の佐吉の無実は証明され、放免される事になった。


「良かったな、佐吉……」

柳橋の幸吉は喜んだ。

「はい。親分、ありがとうございました」

佐吉は、幸吉に深々と頭を下げた。

「いいや、佐吉。礼を云う相手は俺じゃあない。秋山大助さまだ」

「秋山大助さまって、前髪の……」

佐吉は、大助を思い浮かべた。

「そうだ。強請られた者を捜して証言して貰い、強請った侍たちを捕まえた」

「そこ迄も……」

佐吉は驚いた。

「ああ……」

「親分さん、秋山大助さまに佐吉が礼を云っていたとお伝え下さい」

佐吉は頼んだ。

「ああ。伝えるよ。佐吉、困った事があったら柳橋の船宿笹舟に俺を訪ねて来な」

幸吉は笑った。

「はい。ありがとうございます……」

佐吉は、嬉し涙を滲ませた。

大助は、今日も腹を減らしながら学問と剣術の稽古に励んでいた。

この作品は「文春文庫」のために書き下ろされたものです。

文春文庫

恋女房(こいにょうぼう)

新・秋山久蔵御用控(しん・あきやまきゅうぞうごようひかえ)(一)

定価はカバーに表示してあります

2018年4月10日　第1刷
2018年11月30日　第3刷

著　者　藤井邦夫(ふじいくにお)
発行者　花田朋子
発行所　株式会社　文藝春秋

東京都千代田区紀尾井町 3-23　〒102-8008
TEL　03・3265・1211(代)
文藝春秋ホームページ　http://www.bunshun.co.jp

落丁、乱丁本は、お手数ですが小社製作部宛お送り下さい。送料小社負担でお取替致します。

印刷製本・大日本印刷

Printed in Japan
ISBN978-4-16-791052-5

（　）内は解説者。品切の節はご容赦下さい。

藤井邦夫
秋山久蔵御用控
乱れ舞

浪人となった挙げ句に人を斬った幼な馴染みは、「公儀に恨みを晴らす」という言葉を遺して死んだ。友の無念に、〝剃刀〟久蔵は隠された悪を暴くことを誓う。人気シリーズ第七弾。

ふ-30-14

藤井邦夫
秋山久蔵御用控
花始末

往来ですれ違いざまに同心が殺された。久蔵はその手口から、人殺しを生業とする〝始末屋〟が絡んでいると睨み探索を進めるが、逆に手下の一人を殺されてしまう。シリーズ第八弾！

ふ-30-16

藤井邦夫
秋山久蔵御用控
騙り者（かたりもの）

油問屋のお内儀が身投げした。御家人の秋山久蔵と名乗る男に脅された果てのことだという。事の真相は、そして自分の名を騙った者は誰なのか、久蔵が正体を暴き出す。シリーズ第九弾。

ふ-30-17

藤井邦夫
秋山久蔵御用控
赤い馬

付け火騒ぎが起き、同時に近くで押し込みがあった。現場付近には妙な雰囲気の女がいたという。はたして女は、火事騒ぎに乗じて押し込みを働く一味の仲間なのか。シリーズ第十弾！

ふ-30-18

藤井邦夫
秋山久蔵御用控
後添え

南町奉行所吟味方与力・秋山久蔵に、後添えの話が持ち上がった。秘かに思いを寄せていた久蔵の亡妻の妹・香織は、身を引く覚悟を固めるが……。急展開を告げるシリーズ第十一弾！

ふ-30-20

藤井邦夫
秋山久蔵御用控
隠し金

蜆売りの少年が殺された。遺体の横には「云わざる」の根付が落ちていた。〝三猿〟の根付に隠された秘密を剃刀久蔵が突き止める。人気シリーズ好評第十二弾！

ふ-30-21